지구별이 아프다

지구별이 아프다

©2022 윤석홍

인쇄 / 2022년 11월 5일
발행 / 2022년 11월 10일

지은이 / 윤석홍
펴낸곳 / 도서출판 나루
출판등록 / 제504-2015-000014호
주소 / 경북 포항시 북구 우창동로 80
전화 / 054-255-3677
팩스 / 054- 255-3678

ISBN 979-11-978559-5-5 03800

값은 뒤표지에 있습니다.

* 이 책은 문화도시 조성사업의 일환으로 2022년 포항문화예술지원사업에 선정되어
  문화체육관광부, 경상북도, 포항시, 포항문화재단의 지원을 받아 발간되었습니다.

지구별이 아프다

윤석홍 산문집

도서출판 나루

작가의 말

우리는 아침마다 24시간 쓸 수 있는 하얀 종이 한 장씩을 받는다. 무엇이든 그릴 수 있고 쓸 수 있다. 여기에 그리고 쓰는 것은 마음이다. 가끔 하늘을 바라보며 그 넓은 하늘을 백지 삼아 편지를 쓰고 싶다. 그보다 더 진솔하고 깊은 대화가 있을 수 없다. 그 대화는 늘 내게 힘을 주고 다독거려 준다. 그 사이 살아온 날보다 살아갈 날이 점점 줄어드는 나이가 되었다. 지구라는 행성에 살면서 크고 작은 상처를 준 것 같아 마음이 편하지 않다.

살다 보면 어떻게든 살아지게 된다. 삶은 굴러가는 구슬과 같다. 긁히고 금이 간 구슬도 그 자체로 아름다운 법이다. 시를 쓰면서 간혹 산문을 쓸 때가 있다. 산문을 쓰면서 나중에 읽어도 스스로 얼굴 붉히지 않았으면 하는 바람이었고 단순히 품앗이로 쓰게 되지 않기를 바랐다. 그럼에도 큰 비 온 뒤 물꼬 터지듯 편편 기억들을 살리고 일기장에 묻어두었던 것을 꺼내 햇볕에 말려도 좋겠다는 생각에 묶게 되었다.

지나간 시간을 되돌아보면 숨 가쁘게 살아온 것 같다. 여전히 신음하고 있을 지구라는 행성을 걱정하면서 시간은 흘러가 버리는 게 아니라 쌓이고 쌓여서 오늘의 나를 있게 하였다. 참으로 고맙고 고마운 일이다. 지구별에 가는 그날까지 천천히 걸어서 회향하고 싶다.

2022년 가을에
윤석홍

차 례

일
월

근하신년

'근하신년謹賀新年'이란 네 글자는 '새해 복 많이 받으세요'나 '해피 뉴 이어'의 등쌀에 완전히 밀려나버린 것 같다. 십여 년 전만 해도 이 문자는 신년 카드나 달력 표지에 빠짐없이 찍혀 있었고 백화점 정문의 연말연시 장식에서도 오만 가지로 모양을 내고 반짝거렸다. 물론 그때도 이 어구는 상투적이어서 행서行書나 해서楷書로 쓴 네 글자는 무슨 말이라기보다는 장식처럼 보였던 것이 사실이다. '새해 복 많이 받으세요'가 상투성이 덜한 것은 아니지만, 보내는 사람과 받는 사람의 처지에 따라 내용을 조금씩 바꾸기 쉽다는 장점은 있다. 그래서 한때는 '새해 부자 되세요' 같은 인사말이 유행하기도 했다.

상투적인 말들도 사라질 때가 되면 그게 무슨 뜻이었던지 문득 되짚어 보게 하는 힘을 회복하는 수가 있다. '근하신년'은 '삼가 새해를 축하한다'는 말일 터인데, '삼가다'에 잠시 마음이 머물게 되는 것도 그 때문일 것 같다. 의례적인 새해 인사라도 이모저모 생각해보면 삼갈 이유가 없진 않겠다.

우선은 그 인사가 의례적이기에 더욱 몸을 가다듬어 한껏 진심을 끌어 내야 할 것이다. 이 삼간다는 말속에는 공경하거나 조심한다는 또는 두려 워 인사하기조차 꺼려진다는 뜻도 들어 있겠다. 네가 무슨 상관이건대 내게 이런 하례를 하느냐고 오만하게 구는 사람이나 네 인사가 내 삶을 더욱 번잡하게 한다고 짜증을 내는 사람인들 어찌 없겠는가. 그래서 이 삼간다는 말은 서양 말투를 빌린다면 감히 이런 인사를 드려도 괜찮겠냐고 묻는다거나, 이런 인사를 드리도록 허락해 달라고 간청하는 뜻으로도 풀이된다. 그러나 이런 물음이나 간청은 원칙적으로 상대방의 허락을 기다려야 하지만 적어도 '근하신년'은 조심스러운 가운데서도 내질러 감행하는 인사라서 경우에 따라서는 비장한 감도 없지 않다.

고속버스가 처음 운행할 때 안내원이 탑승했던 시절이 있었다. 젊은 시절 불운했던 친구한테 들었던 이야기가 떠오른다. 쓰러져 가는 고향집에 노모를 두고 서울로 돌아오던 친구는 "손님 여러분의 행운과 가정의 평화를 빈다"는 안내원의 인사를 그날따라 유심히 들었다고 했다. 그 의례적인 인사가 제 가슴속으로 파고드는 것 같았다고 했다. 그는 그 길로 월부 책 세일즈를 시작하여 약간의 자금을 모으며 경험을 쌓았다. 시대의 변화에 따라 그는 몇 차례 업태를 바꾸었는데 하는 일마다 성공을 했다고 한다. 지금은 비록 작은 건물이지만 건물 주인이 되었다. 그는 지금도 고속버스 안내원의 그 의례적인 인사를 귀담아들었던 덕에 말 그대로 행운이 찾아온 것이라 믿었다고 했다. 상투적인 말이지만 그 안에 어떤 비장한 힘이 숨어 있어 공덕의 말이 되었다고나 해야 할까.

어쩌면 모든 상투적인 말이 다 비장한 말이라고 해야 할지도 모르겠다. 늘 염원하면서도 내내 이루어지지 않았던 희망을 그 상투적인 말이 한 순간도 포기하지 않고 끌어안고 있을 것으로 여겼기 때문이다. 그 말이 상투적인 말이 되도록 놓아둔 것은 늘 보던 것 외에 다른 것을 보려 하지 않는, 다른 것을 볼 까봐 오히려 겁을 먹은 우리들의 나태함일 것이 분명하다. 말은 제 힘을 다해 우리를 응원하는데, 우리가 먼저 포기해 버린 탓일 것이 분명하다. 이처럼 상투적인 말도 처음에는 그 날카로운 힘이 우리의 오장육부를 파고들도록 만들어졌다. 말이 나를 넘어뜨리고 내 안일을 뒤흔들 것이 두려워 우리가 철갑을 입을 때 말도 상투성의 철갑을 입기 시작할 것이 분명하다. 그래서 시인들이 말의 껍질을 두들겨 그 안에서 비장한 핵심을 뽑아내려고 사시사철 애쓰고 있는 것이 아니겠는가.

친구가 새해 인사를 대신해서 카톡으로 황금 개 그림을 보내왔다. 앞다리를 가볍게 들어 올리고 다소곳하게 앉아있는 그림이다. 살짝 들어 올린 꼬리, 동그란 눈에 들고 있는 머리가 부끄러움 많은 아이 같기도 하지만, 그 부드러운 털과 귀여운 모습이 사람과 가까이 살게 된 그 모습을 어찌 다 감출 수 있겠는가. 이제 사랑 받을 일만 남았다고 황금 개는 선언하는 것 같다. 그래서 그림 속의 개가 자못 사랑스럽고 요염하다. 다시 말해 나태한 우리를 깨워 일으킬 사랑의 눈길로 가득 차 있다고나 할까. 앞에서 이야기한 말은 그저 말일 뿐이라고 믿어버릴 만큼 편안해진 자신을 넘어뜨리고 한마디 인사말이라도 마음을 다 모아 영접할 준비를 하라고 말 한마디 한마디를 피와 살로 삼으라고 격려한다. 날카로운 근하신년이다. 다가오는 설날에 '근하신년' 연하장을 보내는 것은 어떨까 생각해본다.

당신, 기다릴게요

사무엘 베케트의 뛰어난 소설을 연극화하여 아주 유명하게 된 『고도를 기다리며』라는 책을 읽으며 밑줄 그어 놓고 생각나는 내용이 있어 적어 봅니다.

"블라디미르 불행히도 인간으로 태어난 바에야 이번 한 번만이라도 의 젓하게 인간이란 종족의 대표가 돼 보자는 거다. 네 생각은 어떠냐? (에스 트라공, 아무 대꾸가 없다) 하기야 팔짱을 끼고 가부를 이모저모 따져보는 것 도 우리 인간 조건에 위배되는 것은 아니지. 호랑이는 아무 생각 안 하고 제 동족을 구하러 뛰어들기도 하고 그런가 하면 깊은 숲속으로 달아나 버 리기도 하지. 하지만 문제는 그런 게 아니야. 문제는 지금 이 자리에서 우 리가 뭘 해야 하는가를 따져보는 거란 말이다. 우린 다행히도 그걸 알고 있거든. 이 모든 혼돈 속에서도 단 하나 확실한 게 있지. 그건 고도가 오 기를 우린 기다리고 있다는 거야."

흰머리가 나고 얼굴에 주름살이 늘어가거나 나이가 제법 들게 되면 매 일의 생활 속에서 인정하게 되는 것이 있는데, 바로 기다림이 아닐까 생 각하면서 희미한 옛 추억의 기억을 다시금 떠올릴 것입니다. 자신이 원하 는 것을 얻기 위해서 노력보다 더 필요한 건 어쩌면 기다림이라는 것이 정말 우리에게 절실한 것인지 모릅니다. 세상에는 자기 자신이 절실하게 바란다고 해도 이루어질 수 없는 것이 있다는 것도 기다림을 통해서 알게 됩니다.

저도 한때는 기다림에 끝이 있는 것으로 생각했었습니다. 그런데 기다림이라는 건 하나가 지나가면 또 하나가 소리 없이 다가오나 봅니다. 그래서 누군가가 저에게 "삶이 무엇입니까?"라고 물어온다면 그냥 담담하게 "기다림"이라고 대답하고 싶습니다. 우리가 살아가는 동안 기다림이 없다면 얼마나 삭막했을까 생각해보셨나요. 사실 어릴 적 시간 약속에 참으로 무디어서 친구들을 오랫동안 기다리게 하는 것이 일쑤였습니다. 지금 되돌아 생각해보면 그때 왜 그랬는지 그렇게 밖에 살지 못했나 하는 제 나름의 끝없는 반성과 성찰의 시간을 가져보곤 합니다. 그때 그 오랜 시간을 말없이 기다려 주고 묵언으로 받아주며 인연을 맺었던 모든 분에게 용서를 구하고 그 시간만큼 다시 보상해드리고 싶은 생각입니다. 오래 전 그때 일을 떠올리며 요즘은 거꾸로 약속 시간보다 조금 일찍 나가 누군가를 기다리려 노력하고 있습니다.

그러다 보니 오히려 여유와 재미있는 상상과 또 다른 기대를 하게 된다는 걸 느끼곤 합니다. 짜증이 나고 지루한 현실이야 어찌 됐든 좋은 상상을 하면서 기다리는 시간이 '잠깐 멈춤'이나 '쉼'이라는 표지판이 되어 주기도 합니다. 우리가 흔히 쓰는 "당신, 사랑해요"라는 말보다는 "당신, 기다릴게요"라고 말을 해준다면 어떨까요. 더 여유가 있어 보이지 않습니까? 아주 조그만 생각의 변화에서 삶이 여유로워질 수도 있고 각박해 질 수도 있다는 진리를 알았으면 합니다.

우리의 환경 스승

열목어는 매우 까다로운 물고기로 웬만한 환경에서 살지 못하는 특성을 가지고 있는 아주 희귀한 어종으로 알려져 있다. 특히 수온에 민감하여 섭씨 20도 이상 물에서는 살지 못한다고 하고 온도 변화에도 신경질적으로 반응한다고 한다. 이러다 보니 열목어 수가 점점 줄어들게 되자 지방자치단체별로 인공부화 시켜 치어를 방류한다. 치어를 방류하는 과정을 살펴보면 열목어가 얼마나 온도 변화에 민감하고 싫어하는지 알 수 있다. 먼저 비닐봉지에 치어가 살던 물을 반쯤 채우고 조심스럽게 치어를 넣고 산소를 주입한다. 물론 수온이 올라가지 않도록 비닐 바깥에 얼음을 대고 검은 물건으로 포장해야 함은 말할 것도 없다.

방류할 곳에서는 반드시 어두운 그늘을 찾아야 하고 담아온 비닐을 물에 담그고 비닐 속의 물과 방류할 곳 물 온도가 같아지도록 하는 노력을 들여야 한다. 옛날 상감마마 모시기 수준으로 생각하면 이해가 빠를 듯싶다. 안 그러면 열목어가 신경질을 내기 시작하는데 보통이 아니라고 한다. 제 성질에 겨워 그냥 넘어간다고 하는데 거의 '즉사'하기 직전 수준이라 한다.

특히 빛에 민감하기 때문에 검은 물건으로 감싸는 것이 그 이유 가운데 하나이다. 빛에 오래 드러나 있어도 열목어는 제 성질을 이기지 못하고 배를 드러낸 채 물 위에 뜬다고 하니 얼마나 성질이 급하고 환경에 민감한 고기인가를 알 수 있다.

이 물고기가 사는 곳은 간단하게 표현하면 심산유곡밖에 없다는 결론이 나온다. 웬만큼 큰비가 와도 수량이 크게 변하지 않고 내린 비의 온도가 계곡의 물과 같은 수준이 될 때까지 물을 저장할 수 있는 건강한 숲과 넓은 물속 그늘을 만들 수 있을 정도로 울창한 곳에 열목어가 살기에 그만이라는 것이다.

열목어가 살 수 있는 깨끗한 자연이 아직 이 땅에 있다는 것이 흐뭇한 기쁨으로 다가온다. 우리가 사는 환경도 이렇게 때 묻지 않고 적절한 온도를 유지하는 곳이 있다면 얼마나 좋을까 생각해 본다. 그런 곳에서 살 수만 있다면 하는 기대를 해보는 것으로도 그저 즐거운 일일 것이다. 열목어가 살아가는 환경에 대해 우리 스스로 한번 가슴에 손을 얹고 생각해 볼 때가 아닐까 싶다.

너무 쉽게 얻고 너무 쉽게 버리는 한마디로 물건 귀한 줄 모르고 살아가고 있는 우리에게 열목어처럼 고고하게 살지는 못 할망정 자기 얼굴에 침 뱉는 일은 하지 말아야 할 것이다. 한번 망가진 환경을 되살린다는 것은 정말 어려운 일이다. 말로만 "환경을 보호하자"라고 말하기에 앞서 실천하는 아름다운 모습을 보여주는 것이 절실하게 필요할 때이다. 맑고 깨끗한 곳에서 살아가는 열목어, 바로 우리의 환경 스승이 아닐까 싶다.

황사가 주는 선물

 몇 해 전만 해도 봄이 오는 3월부터 중국에서 발생한 황사가 강한 바람을 타고 우리나라 전역을 뒤덮는다. 이 황사가 몸에 해롭다, 식물 성장에 도움을 준다는 등 해석하는 방향에 따라 언론에서 단골로 다루어진다. 지구온난화에 대한 기후변화로 지구촌 대기 환경이 빠르게 바뀌었다.

 이번 기회에 황사에 대한 편견을 버리는 것이 좋을 듯하다. 지구별에서 벌어지는 모든 자연현상 중에 나쁜 일은 없다는 생각이기 때문이다. 설혹 인간에게는 불편하더라도 지구적으로는 해로운 법이 없어 우리가 깊숙한 의도를 알지 못하지만 거대한 천재지변도 이득이기 때문이다.

 황사현상이 바로 그 사례라고 본다. 봄철이면 고비 사막에서 날아오는 황사현상이 구제역 균을 실어 오고, 중금속을 포함해서 인간을 괴롭히고 있다고 하여 봄철 불청객 1호로 올려놓고 있다. 몽골이나 중국 북부 황토지대에서 강한 바람에 의해 하늘로 올라간 많은 모래 먼지가 대기 중에 넓게 퍼져 떠다니다 상층의 편서풍에 의해서 한반도 부근까지 날아와 우리를 괴롭힌다고 미워하고 있다.

 뿌옇게 변한 하늘의 황사현상은 우리나라뿐 아니라 호주에서 뉴질랜드로, 아프리카 사하라에서 지중해 지역 여러 국가로, 사우디아라비아에서 인도 쪽으로, 말하자면 모래와 먼지가 그득한 건조한 지역에서 바다 건너 다른 곳으로 이동하며 벌어지는 다발적인 현상이다.

이처럼 황사는 대지와 달리 바다에 들어서는 순간 축복을 받는다. 황사 속에 철분을 포함한 중금속들이 바다 안에서 비타민처럼 작용해 플랑크톤 번식을 왕성하게 증가시켜 물고기의 식량이 폭발적으로 늘어난다고 한다. 바다 안이 풍성해지는 것은 당연한 일이다. 말하자면 황사는 대지가 바다에 주는 선물이다. 그렇다고 대지에 이득이 전혀 없는 것도 아니다. 황사는 알칼리성으로 지상에 떨어지면 산성화된 토지와 섞여 중화를 담당하는 평형 작용을 한다고 한다. 마지막으로 지구의 이산화탄소를 감소시키는 역할은 물론 지구온난화를 막아주는 몫까지 순환의 흐름을 타고 지구를 이롭게 한다.

비록 황사가 불어와 우리가 입을 막고 실눈으로 길을 가더라도, 저 동해와 서해안에서 무럭무럭 크는 물고기라고 해야 할지, 더불어 마구 왕성해지는 인도양, 대서양, 태평양, 지중해의 퍼덕이는 바다 환경을 생각한다면 도리어 기쁜 일로 생각해야 하지 않을까 싶다. 대지만 따로 건강해져도 아니 되고 바다만 건강해져도 안 된다. 서로가 평형을 이루어 적당하게 앞으로 나갈 때, 건강한 체질의 지구가 이루어질 것이다.

비가 오면 아이스크림을 파는 일에, 날이 맑으면 우산을 파는 일 때문에 걱정하지 말고 긍정적으로 생각했으면 좋겠다. 날이 맑으면 아이스크림이 잘 팔리겠구나, 비가 오면 우산이 많이 팔릴 거야 하며 기뻐하는 일이 지구상에 가장 고급 두뇌를 가진 종족이 당연히 품어야 할 생각이라

본다. 황사가 하늘을 덮는다면 이제는 바다 속에 또 다른 생물들이 기뻐하는 모습을 상상하면 어떨까. 그들 역시 우리와 같은 지구별을 타고 가는 항해자들이기 때문이다.

느린 말을 타는 즐거움

새해를 맞는지도 거의 한 달이 다 되어 간다. 늘 맞는 새해이지만 올해도 얼마나 바쁘게 살아야 할까 하는 우려에서 시작된다. 올해의 다짐은 느긋하게 여행을 떠나는 것으로 잡아본다. 문득 소를 타고 길을 나서면 어떨까 하는 엉뚱한 상상도 해본다. 고려 말 조선 초의 학자 권근이 남긴 글이 떠올랐기 때문이다.

고려가 망한 후 벼슬을 거부하고 버티다가 경상북도 평해로 귀양 간 이행李行이라는 문인이 있었다. 그는 지금도 풍광이 아름다운 평해에 물러나 살면서 달밤이면 술병을 차고 소 등에 올라 산과 물로 놀러 다녔다. 그래서 스스로 호를 '기우자騎牛子', 곧 소를 타고 노니는 사람이라 하였다. 벗 권근은 그를 위하여 '기우설騎牛說'이라는 글을 지었다. 이 글은 느긋한 여행의 방도를 운치 있게 말하고 있다.

'산수를 유람하는 데는 오직 마음속에 사사로운 욕심이 없어야 그 즐거운 바를 즐길 수 있다'라는 멋진 말로 글을 열었다.

여행을 통해서 무엇인가를 얻고자 하는 욕심을 갖는 순간 진정한 여행의 즐거움은 사라진다. 목적 없이 길을 떠나는 것이 진정한 여행의 즐거움이다. 또 여행은 돌아올 것을 기약하지 않는 것이라 하지 않았던가.

이러한 여행이라면 서두를 것이 없다. 서두르지 않아야 여행의 참맛을 알게 된다. 그래서 권근은 사물을 볼 때 "빠르면 정밀하지 못하지만 느리면 그 오묘함을 다 얻게 된다"라고 하였다. 천천히 가야 여행의 오묘함을 다 누릴 수 있다는 의미다. 그래서 이런 삶을 사는 사람에게는 빠른 말馬이 아니라 느린 말馬이 어울린다. 말은 빠르고 소는 더디니, 소를 타는 것은 곧 더디 가고자 함이다.

이행은 그래서 소를 타고 다녔고 스스로의 호를 기우자라 한 것이다. 밝은 달이 하늘에 있는데 산은 높고 물은 넓어서 하늘과 물이 한 가지 빛이 되었다. 그러면 끝없이 위의 하늘을 올려다보고 아래의 물을 내려다보는 것이 그의 일이었다. 만사를 뜬구름 같이 여기고 맑은 바람에 길게 휘파람을 불면서, 소는 고삐 풀어 가는 대로 맡겨두고 홀로 술을 부어 마시는 것이 그의 삶이었다. 이렇게 가슴속이 시원하니 어찌 절로 즐겁지 않겠는가. 사사로운 욕망에 얽매인 자는 이렇게 할 수 없으리라.

아름다운 산과 물을 보러 길을 떠나는 사람의 마음은 이러하여야 할 것이다. 마음에 사사로운 욕심이 없다면 굳이 느린 소가 아니라 빠른 말을 탄들 어떠랴. 18세기 시인 이병연은 소가 아닌 말을 타도 마음의 여유를 누릴 줄 알았다. '나는 말을 탔네'라는 시에서 이렇게 노래하였다.

나는 말 타고 자네는 소 타는데
소는 어찌 빠르고 말은 어찌 느린가
자네에게 채찍 있어도 내게 없어서인가
가끔 흰 구름 두둥실 물가에 말이 선다네

말을 서니 어찌 시 한 수 읊지 않으랴
소가 코로 듣고서 머뭇머뭇 하겠지

　말은 소보다 빠르지만 굳이 빨리 가고자 하지 않으니, 오히려 채찍을 치는 소보다도 느리다. 내 마음이 더딤을 택하였기 때문이다. 느릿느릿 가다 보면 가끔 맑은 개울물에 흰 구름이 비친다. 시인의 마음을 미리 알았나, 말이 멈추어 선다. 시인이라면 말이 서는데 어찌 시 한 수 읊조리고 가지 않겠는가? 이때 곁에 있던 소가 코를 실룩인다. 소는 늘 말보다 느리다고 여겼는데 웬일인지 이번에는 말이 자기보다 느리기에 으스대었나 보다. 그러다 시인이 시를 읊조리는 낭랑한 소리를 듣고서야 시인의 풍류를 알아차렸다. 아뿔싸, 늦었지만 소가 발걸음을 늦춘다. 시인과 말과 소가 이렇게 서로 뜻이 맞았으니, 소를 타든 말을 타든 중요한 것은 그저 마음의 여유일 뿐이다.

　고삐를 당겨도 발걸음을 늦추지 않는 말을 타게 될까 겁이 난다. 올해도 얼마나 분주하게 달려야 하지 않을까 걱정이다. 달리는 말 등에서도 여유를 찾았으면 하는 것이 올해의 바람이다. 그러면 여행만 즐겁고 말겠는가. 느린 말 등에서 외려 세상의 오묘한 이치를 깨달을 수 있지 않을까.

이
월

복 많이 지으세요

새해가 시작된 지도 한 달이 다 되어 갑니다. 설날이 일주일 앞으로 다가왔습니다. 양력 1월 1일과는 또 달리 "새해 복 많이 받으세요."라는 인사와 덕담이 오갈 것입니다. 이즈음에 가장 많이 듣는 덕담이 아닐까 싶습니다. 저는 "복 많이 지으시기를 바랍니다."라고 복 짓는 마음이 복 받을 마음이라 하여 이 말을 쓰고 있습니다. '적선지가 필유여경積善之家 必有餘慶 복을 짓는 그 집에 넘치는 기쁨이 꼭 있다'는 말입니다. 그동안 계획하셨던 일들이 곧 다가오는 설날을 맞아 다시 한 번 의지를 다질 기회가 주어지는 셈입니다. 어떻게 복을 짓는가. 그건 사람마다 기준이나 관점이 다를 수가 있지만, 제가 생각하는 것은 이런 것입니다.

작은 복이라고 안 짓지 말라는 것입니다. 사소한 선善이 삶의 바탕이며 마음의 방향입니다. 타인을 향한 따뜻한 시선을 놓지 않는 일입니다. 누군가를 미워하면서 사랑이라 하지 말고, 분노하면서 사랑이라 하지 말고, 비탄하면서 사랑이라 하지 마십시오. 마음에 온기를 들여 자기와 남을 데우는 것만이 복을 부르는 사랑이라 여깁니다.

내가 즐거워야 남이 즐겁습니다. 내 마음이 즐겁지 않은데 어찌 남을 즐겁게 하겠습니까. 내 마음이 즐거워지려면 즐거운 마음을 유지하는 힘과 노하우를 갖춰야 한다고 생각합니다. 좋은 생각을 해야 좋은 삶이 생겨냅니다.

무엇인가를 창조하고 가치를 지키며 굳세게 사는 것이 복을 짓는 일입니다. 나는 아니다, 나는 틀렸다, 나는 이렇게 살다 가면 된다고 생각하지도 말고 스스로 주변에서 가만히 작고 큰일을 기획하고 시작하라고 말하고 싶습니다. 일할 줄 아는 사람이 복을 짓는 사람입니다.

또한 구업口業을 줄이는 것이 복을 짓는 일입니다. 말言은 세상을 바꿔 왔고 인간을 진화시켜 왔지만, 그 말의 폐단과 부작용이 인간을 곤경에 처하게 하고 불행을 자초해온 것도 사실입니다. '다언삭궁 불여수중多言數窮 不如守中 말이 많으면 자주 궁지에 몰리니 마음 속에 담아두는 것만 못하다'는 노자 『도덕경』에 나오는 말입니다. 혀가 앞선다는 것, 우쭐하는 입에 스스로 품격과 운명마저 맡겨 놓는다는 것, 이게 복을 차버리는 일이라 생각합니다. 정밀한 눈과 섬세한 귀와 고요한 감정을 키우는 일이 복 짓는 으뜸길입니다.

어느새 높아져 있는 자신을 낮추고, 너무 멀리까지 나가 있는 마음을 가만히 되돌려 주저앉히는 것이 복입니다. 조금 덜 하는 것, 조금 참는 것, 조금 손해 보는 것, 조금 못나고 억울한 채로 있는 것, 인플레 된 자아를 소급하는 그 자제와 인내의 힘이 복을 만드는 원천입니다. 돌아보며 미안해할 줄 알고, 깊이 고마워할 줄 알면서 여기까지 오게 된 것을 감사해할 줄 아는 그 마음의 여지가 복 짓는 자리입니다.

내가 생각하는 저 '복 짓는 마음'은 지금의 내게 훗날의 내가 혹은 예전의 내가 가만히 일러주는 말이기도 합니다. 마음을 돌이키고 뜻을 추슬러 새로운 시간을 아름답게 살고 싶은 마음일 것입니다. 내 마음이 그러하듯, 오늘 이후 복을 더 짓기 바랍니다. 건강해야 복을 잘 지을 수 있으니 몸과 마음의 건강함을 잘 지키시길 서원誓願합니다.

나무심기와 물 부족

정말 모자란 내 생각일지 모르지만 물 부족 국가로 언제나 순위 안에 드는 나라 가운데에 우리나라도 예외는 아니다. 흔하게 얻어지는 물건들을 꼽으라면 불, 물, 공기 등을 들 수 있을 것이다.

얼마 전 사람들을 만나 물과 물 부족에 대한 나름대로 생각과 문제점에 대해 특히 물 아껴 쓰기에 대해 많은 이야기를 했다. 빨래나 목욕하는 방법, 평소의 생활 태도, 마지막으로 오늘도 물을 구하기 위해 아침마다 수십 리를 걸어가야 하는 지구촌 오지奧地 어딘가의 원주민 이야기로까지 확대되었다. 궁금한 것은 내가 여기서 물을 아껴 쓴다고 저 멀리 떨어진 그들에게 무슨 도움이 되겠느냐는 생각이다. 내가 사용하는 물줄기와 그들이 사용하는 물의 근원이 다른데, 내가 목욕 한 번 걸렀다고 그 물이 사막의 샘에서 솟아오를까.

가령 히말라야 계곡에 뛰어들어 목욕하고, 퍼마신다고 해서 반대편에 있는 다른 곳의 갈증이 해결될까 이런 것들이다. 우리나라 경우를 들어 이야기 해보자. 물이 많이 모자라는 갈수기에는 그야말로 물을 금 쓰듯이 하여 서로가 나눌 수 있다고 생각하는 것은 당연하다. 그러나 한강에 물이 넘쳐나고, 낙동강에는 물이 모자랄 경우, 한강에서 물을 공급받는 사람들이 모두 수도꼭지를 잠근다면, 물은 바다로 부질없이 흘러가 버리지 않을까. 낙동강 유역은 이쪽의 절약이 윤리적인 면을 제외하고는 실익이 없지 않을까. 윤리적으로 물 쓰는 일이 죄송하겠지만 그렇다고 있는 물을 그냥 내려 보내는 일도 그렇다는 생각 -댐에 가두고 더 부족할 때 기다리다 보면, 또는 홍수를 대비해서 방류하고 한마디로 치수治水란 어려운 일이라는- 이 든다.

물이 모자라는 지역의 공통점을 살펴보면 상류에 나무가 적거나, 댐이 부족하거나, 물을 많이 쓰는 큰 공장이 있는 경우가 많다. 갈수기에는 물을 아껴 쓰라는 캠페인이 적절하고 당연히 그렇게 해야 한다 생각하며 호응하고 있다. 그러나 댐과 공장에 대해 소시민들이 적극적으로 개입하기 어려운 일이라면 아니 쉽지는 않겠지만 여기에 대한 대안으로 권장하고 싶은 것은 당연히 나무 심기가 아닐까 싶다.

아무리 생각해도 단순히 "물을 아껴 쓰자, 물이 부족하다"라고 이야기하는 건 함량 미달의 생각일 것이다. 물은 식량과 같은 방법으로 다룰 수는 없다고 본다. 보다 근원적인 나무 심기로 선도하는 일이 가장 중요해 보인다.

이미 지나가 버렸지만, 식목일 연휴에 산행 일정을 잡았거나 1박2일 연수 교육을 계획하고 있는 사람들 혹은 환경단체가 있었다면 무늬만 시민, 환경단체가 아닌가. 혹은 곧 시작될 선거판을 위해 무슨 행동을 하고 있어도 같은 동류가 아닐까. 그들이 이야기하는 다음 세대 환경을 위해서 '아껴 쓰라고 말하기'보다 '단 한 그루의 나무라도 심는 일'이 더 옳다고 본다.

책 읽는 노년의 아름다움

요즘은 어딜 가나 노인이 자주 눈에 띕니다. 누구에게나 연로하신 부모님이 계시고, 일가친척 중에도 고령이신 분이 계실 터이니 이래저래 관심을 가지지 않을 수 없는 일입니다. 우리나라도 고령화 사회로 접어들었다고 합니다. 점차 사회적 문제로 부각될 것이기에 다각적인 관심을 가져야 할 때가 아닐까 싶습니다.

이른 아침 운동을 나가면 많은 노인이 모여 걷고, 달리고, 체조나 기구 운동을 합니다. 물론 다 그런 건 아니지만 밤늦게 술을 마시는 노인 모임도 더러 보게 됩니다. 술에 너무 취해 서로 싸우는 장면을 목격할 때도 있습니다. 사회적 행동 양상을 놓고 볼 때 나이 든 사람과 젊은 사람 사이에는 아무런 차이가 없어 보입니다. 그런데도 노인에게는 '노인 문제'라는 말이 따라다니게 됩니다. 아마 노인 분들이 들으면 섭섭하게 생각할지 모르나 엄연한 현실입니다.

고령화 추세를 놓고 벌이는 문제를 노인으로 받아들이자는 의견입니다. 복지 프로그램부터 노인 일자리 문제 등 다양한 의견이 논의되지만 그런 의견들이 실질적인 노인 복지와는 거리가 멀다는 느낌이 듭니다. 특히 노인 스스로 자기 삶을 영위할 수 있는 사회적 여건을 제시하는 게 아니라 노인을 모두 보살핌을 받아야 할 문제의 대상으로 판단하는 것 같아 아쉬움이 남습니다. 노인을 섬김의 대상으로 삼으려는 사회 풍토가 나쁘다는 게 아니라 노인을 타자로 대하는 안목 자체가 노인 분들을 더 슬프게 만드는 것은 아닐까 하는 의미입니다.

얼마 전 약속이 있어 카페에 들른 적이 있습니다. 조명이 밝고 책 읽기에 좋은 분위기라서 그런지 노트북 컴퓨터를 켜고 인터넷을 하거나 공부하는 젊은이가 많았습니다. 그런데 한쪽 구석자리에 팔순이 훨씬 넘어 보이는 백발노인 한 분이 코밑에다 책을 들이대고 책 읽는 모습을 보았습니다. 그 노인은 오직 책 읽는 일에만 집중하고 가끔 노트에다 뭔가를 적기도 했습니다. 그 장면이 얼마나 아름답고 신선한 충격으로 느껴졌는지 모릅니다.

두 해 전 미국 요세미티 국립공원에 갔을 때 나무 그늘에서 나이 드신 분들이 편안한 자세로 책 읽기에 열중하는 모습을 본 이후 처음이었습니다. 우리는 나이가 들면 책을 읽지 않는 게 아니라 책을 읽지 못한다고 생각하는 것 같습니다. 그래서 도서관이나 노인복지회관에서 노인을 대상으로 한 독서 프로그램이 있다는 얘기를 들어 본 기억이 없습니다. 나이든 사람에게는 책보다 더 좋은 위안이 없고, 책에서 얻는 자양분만큼 마음을 풍요롭게 해주는 보약이 없을 것입니다. 책만큼 주체적 삶의 의지를 북돋워 주는 것도 없을 겁니다. 결론은 노인일수록 책을 더 읽어야 한다고 생각합니다.

꾸준하게 독서하는 사람은 책을 읽을 때마다 다른 느낌을 전해주는 살아 있는 생명체와 같다고 합니다. 아마 그 말은 단순히 책에서 기인하는 게 아니라 인생 경험을 통한 우리 정신의 스펙트럼이 매 순간 달라지기 때문일 것입니다. 그러니 나이가 들어갈수록 더욱 열심히 책을 읽어야 한다고 봅니다. 풍부한 인생 경험에 독서까지 겸비한다면 어느 누가 노인을 문제의 대상으로 생각하겠습니까. 신록이 우거진 그늘이나 나뭇잎 떨어진 나무 의자에 앉아 잠시라도 책 읽는 시간을 가져보면 어떨까요.

봄 산에 오르는 이유

봄 산에 오르니 햇살 한 번 와장창하다. 어느새 세상 만물은 이렇게 찬란하게 변했는지 눈부시기 그지없다. 곰곰이 돌아보면 산 아래에서의 일상은 무미건조하였고, 매일의 풍경은 시멘트와 도로에 포장되어 있으니, 사시사철 변치 않는 삭막함이 아니던가. 햇살 아래 이런 산 풍광들과는 비교조차 필요치 않다. 장승 칼 같은 검푸른 바위, 군자 풍 소나무 군락, 너럭바위들 집합, 연녹색이 감돌기 시작하는 골짜기, 겨울바람을 털어 내고 다시 원기를 찾기 시작하는 억새, 바람에 흔들리는 관목 숲 그리고 그 사이로 끊어졌다 다시 이어 오르는 오솔길을 보면 가슴이 뭉클하다.

봄바람에 이마를 닦으며 한 주일 동안 내가 걸었던 길을 되돌아본다. 아파트에서 나와 포장된 길을 따라 걸었고, 버스 안에서 여러 걸음을 걸었고, 계단을 내려가 도심 속을 걸었다. 그리고 다시 아스팔트 위를 지나 육교를 건너 시멘트로 만들어진 건물로 들어왔다. 길이라고 불리기 싫은 길들을 일상에서 걸었던 셈이니, 오늘 올라온 산길과는 천지 차이다.

그런 의미에서 어린 시절 오가던 길은 얼마나 환상적이었나 싶다. 늘어진 풀숲 사이로 여치가 울고, 개구리가 튀어나와 반대쪽으로 건너간다. 나비와 잠자리가 서로 앞서듯 가로지르고 흙 내음 그득한 미풍이 뺨을 쓰다듬고 지나가지 않았던가. 많은 자연의 존재들은 변화라는 이름으로 소멸하였으니 이제 일상에서 그런 길은 모두 잃고 땅으로부터 단절되었다.

그러니 길을 가도 길을 기억하지 못한다. 어린 시절 걸었던 길들은 행복이라는 이름으로 저장되어 있으나 도시에서 그제의 길, 어제의 길, 오늘의 길 그리고 내일의 길은 아무런 의미 없는 동작의 일부로 기억에 남겨지지 않는다. 내가 살던 곳도 삼각대를 든 측량사들이 나타나더니 모두 짐을 싸 들고 뿔뿔이 헤어지고 이어 불도저들이 밀고 지나갔다. 결국 어디로 가는지 알 수 없는 수많은 차로 가득 메워진 도로가 되었다.

문명의 발전이라는 경탄과 칭송 뒤에 서서 잃어버린 과거에 절망하지 않을 수 없다. 이런 변화들은 평야, 구릉을 지나 백두대간까지 곳곳에 앓은 소리로 요란하다. 사라져 버린 여치, 메뚜기, 나비, 잠자리, 개구리, 오솔길, 야생화, 작은 숲, 새, 매, 독수리, 나지막한 구릉 그리고 푸른 하늘 내 아이들은 훗날 산에서나마 길다운 길을 걸을 수 있을까. 도로에서 컨트리클럽을 지나 리조트와 콘도로 들어가면서 자연을 만끽했다고 만족하지는 않을까.

산을 오르는 중요한 이유 가운데 하나는 이렇게 잃어버린 길을 찾기 위함이다. 도시에서 고향은 물론 길을 잃은 소시민이 의미 있는 기억의 길을 찾기 위한 걸음걸이다. 산은 아직 건재한 곳이 많으니 우리 자신과 아이들을 위해 남아 있는 것을 지켜야 한다.

산은 이 밖에 많은 것을 주지 않는가. 투기꾼과 개발에 의해 땅은 있으나 흙이 없는 저잣거리 세상에서 땅과 흙이 모두 있는 수목의 넓은 가슴으로 끌어안아 준다. 또 변화해 가는 자기 몸을 보여주며 우리네 인생이란 세월과 계절 따라 자연의 호흡처럼 변해 간다는 간단한 명제에 도달하도록 도와준다. 그러니 가르침 그득한 봄 산에 안 오를 재간이 있는가.

생명을 만드는 햇살이 참으로 원초적이다. 도시의 혼탁을 털어 낸 자리에 푸른 솔바람을 채워주고 나 역시 산 그림자 일부가 되어 이렇게 앉아 있다. 이런 산을 바라보며 산중 절에 사는 스님들이 부럽다.

소득과 욕심

오랜 가뭄 끝에 내린 단비가 반갑다. 사람들만이 아니라 봄을 기다리는 식물에게도 더없이 반가울 것이다. 이번 겨울은 큰 추위도 많은 눈도 내리지 않았다. 그 대신 미세먼지 가득한 날이 많았음에도 불구하고 성급하게 올라온 꽃송이들이 행여 다칠 것도 염려가 된다. 서두르다 어려움을 겪어낸 나무나 풀들은 그 곁에서 숨 쉬고 있던 새로운 희망의 눈芽이 기다리고 있을 터이니 마음이 아파도 참을 수 있고, 개인적인 불편함 쯤이야 얼마든지 감수할 수 있을 것이다. 희망의 새봄을 준비하고 있을 이 산야山野의 새싹에게는 그야말로 단비일 것이다. 이제 산불 감시하느라 주말을 포기해온 많은 분도 한시름 덜게 될 것이다.

봄이 다가오고 있는 지금, 숲은 말 그대로 생동하고 있다. 언 땅이 녹고 봄비에 촉촉해진 땅에서는 온갖 생명이 기지개를 켠다. 나뭇가지에 잎이 나기 훨씬 전부터 그 생명의 움직임은 시작된다. 나무줄기엔 수액이 돌고 겨우내 숨죽이던 식물들은 땅속이나 줄기 위에서 꽃이며 잎이 될 눈들을 부풀리거나 씨앗의 껍질을 벗겨내느라 온 힘을 다하고 있을 터이다. 대견하게도 말이다. 대부분은 봄꽃이며 새순들이 눈앞에 펼쳐져야 봄을 절감하지만, 자연처럼 예민하게 감각을 세워 다가가서 보면 물이 오른 나뭇가지의 탄력이며, 생명이 올라오는 땅의 흙냄새며 들썩이는 겨울눈의 미세한 변화를 우리도 느낄 수 있다.

이렇게 낭만적인 봄타령은 행복하기 그지없는데, 살아간다는 것은 더 긴박하다. 언 땅이 녹아 물이 오르기를 가장 기다리는 사람들은 아마도 고로쇠 수액을 모아 파는 사람들이 아닐까. 다른 이들이 눈치를 채기 훨씬 전에 이 봄의 기운을 알아내 수액을 담아낼 준비를 마칠 것이다. 사실 물이 오른다고 함은 나무로서는 새로운 성장에 대한 희망으로 설레는 엄숙하고도 감동적인 순간이지만 지극히 이기적인 존재인 사람들은 고로쇠나무 양분이 될 수액을 가로채 마시는 새로운 재미와 즐거움을 알아버렸다. 그 수요를 충족시키기 위해 누군가는 나무에 구멍을 내고 한 방울씩 떨어지는 그 물을 모으는 노고를 해야 하는 것이 삶이긴 하다.

수액樹液이란 나무의 도관을 흐르는 액체로 양분을 포함한 모든 물질이 이동된다. 모든 나무에 수액이 흐르지만, 그 가운데 고로쇠나무 수액은 양이 많고 맛이 달아 상품이 된다. 이를 이용해 일부 지역에서는 축제까지 열고 있다. 세계적으로 캐나다 설탕단풍이 가장 유명한데, 그 나라를 여행하다 보면 흔히 파는 메이플 시럽이란 것도 바로 이 수액을 졸여 만든 천연 당분이다. 고로쇠나 설탕단풍나무 모두 단풍나무 집안이라는 공통점이 있다.

산에 갔다가 링거주사를 꽂고 있는 환자들처럼 나무에 주렁주렁 매달린 수액 채취통을 보면 마음이 짠해지며 나무에 피해를 주지 않을까 걱정도 된다. 관련 연구자들이 이 문제로 실험해보았는데 역시 아낌없이 주는 나무라는 이름에 걸맞게 지나치지만 않다면 큰 영향을 주지 않는다는 결과가 나왔다. 산림청에서는 그 결과에 따라 어린나무는 손을 대지 못하게 하고, 나무 지름에 따라 채취 구멍수를 제한해 수액 채취 허가를 내주고 있다고 한다. 사과나무에서 열매를 따듯, 쇠고기를 먹기 위해 가축을 키우듯 우리는 나무가 주는 잉여의 선물을 받아 쓸 수 있다는 개념이다. 많은 수익이 되니 일부 지방에선 논에 벼를 키우듯, 산에 이 나무를 심어 키우기도 한다.

문제는 늘 그렇듯 지나친 욕심을 가진 사람들이 있다는 것이다. 눈앞의 소득에 급급해 나무가 우리를 위해 감당할 수 있는 것보다 훨씬 많은 양을 채취하다 보니 결국 나무가 쇠약해지고, 구멍을 뚫던 곳을 방치해 병균이 침입하게 만들어 아낌없이 자신의 피와 살이 될 양분을 내어준 나무를 상하게 만드는 것이다. 이런 모습을 보면 언제나 매일 황금알을 낳아주던 거위에 더 큰 욕심으로 배를 가른 악덕 주인이 생각난다.

수액이 점차 줄어들 즈음, 숲엔 물이 올라 삐죽삐죽 다투어 올라오던 새순들이 햇살을 받아 쑥쑥 잘도 자란다. 나무나 풀마다 새싹의 모양도 다 다르다는 것은 당연할 수 있으나 숲에서 보는 모습은 경이로움 그 자체다. 세상의 모든 어린아이가 그러하듯 순결한 새싹들은 사랑스럽기 그지없다. 봄 숲이 이런 어린잎들로 가득할 즈음, 숲은 이를 탐내는 사람들이 줄을 이어 찾아 든다. 곰취, 참나물, 돌나물 이름만 들어도 신선하고 입맛이 도는 산나물들이다. 산나물도 숲이 우리에게 주는 참으로 근사한 그것도 적절히 골라서 알맞게만 이용하면 언제까지고 아낌없이 보내주는 그런 선물이다.

하지만 산나물도 지나친 욕심을 내는 게 문제다. 일부 잎들만 살짝살짝 떼어내 근본을 다치지 말아야 식물은 다시 새잎을 내보낼 수 있다. 그래야 그 잎으로 광합성을 해서 뿌리를 키우고 꽃을 피워 결실을 보아 다시금 새 생명들이 그 숲에 이어질 수 있다. 산에 삶을 기대어 사는 이들은 나물을 뜯을 때 손가락에 도구를 끼고 잎만 일부 떼어내 뿌리를 다치지 않게 한다. 문제는 무모한 욕심으로 뛰어든 얼치기 나물꾼들은 자연이 내어준 무궁한 나물밭을 망치는 일이다. 줄기마다 하나의 순도 남기지 않아 더 이상 펼쳐낼 잎이 없어 죽어가는 두릅나무의 가시 가득한 줄기도 높은 줄기에 오르기 어려운 나머지 베어내 가지와 잎만 잘라간 음나무와 껍질째 벗겨진 두릅나무 모두가 사람들의 욕심을 채우기 위해 배를 가른 또 다른 황금알을 낳는 거위와 다름없다.

눈앞의 작은 욕심으로 내일의 희망까지 잃지 말았으면 싶다. 어려울수록 고로쇠나무나 산나물, 두릅나무를 생각해보면 지금 내가 혹은 우리가 해야 할 일과 그 일의 순서가 생기지 않을까. 학문이든 경제든 정치든 말이다. 이 봄, 나무와 풀들이 욕심내지 말고 살라 한다. 추운 겨울 끝에 어김없이 봄이 오는 일이 진리이듯 함께 나누며 더불어 살아가야 한다 말하고 있다.

삼
월

나를 만나는 마라톤

우리는 자주 인생을 마라톤에 곧잘 비유한다. 잘 알다시피 42.195킬로미터를 달리는 풀코스 마라톤은 오랜 시간 동안 이루어지는 매우 힘든 운동이다. 마라톤을 뛰는 사람들 표정도 하나같이 비장하다. 이를 악물고 얼굴을 잔뜩 찌푸린 채 달린다. 저렇게 힘이 드는 일을 왜 하는지 많은 사람이 궁금해 한다. 이해하지 못하는 표정을 지으면서 말이다.

코로나19가 유행하기 전 어느 해 가을 춘천마라톤에 참가 신청을 했다. 그동안 여러 번 마라톤 대회에 참가했지만 수만 명의 사람이 어떤 심리 상태로 뛰는지 한번 알아보고 싶었다. 풀코스를 완주하기 위해서는 상당한 준비가 필요하다. 나름대로 열심히 운동을 했지만, 이번에는 완주完走할 생각은 없었다. 그런데 걷다가 뛰다가 하면서 결승점에 거의 기어서 들어 왔지만, 나로서는 많은 것을 배우게 되었다. 내가 생각하고 바라보는 관점에 따라서 말이다.

풀코스를 달리던 그날 나는 오랜만에 나를 만났다. 대회가 끝나고 붐비는 화장실에서 땀을 씻고 돌아서다가 문득 거울 앞에 서 있는 낯선 남자를 보았다. 눈빛이 살아 있었다. '너 참 애썼다. 끝까지 쫓아왔구나. 그래 아직 죽지 않았어. 나, 살아 있다.' 어서 비키라고 뒷사람이 채근하는 바람에 돌아서 나왔지만 그 기억은 지금도 생생하다. 그 순간 나 자신을 인정한 것이다. 그동안 같은 상황을 자주 보았지만 느끼지 못했던 감정이었다. 세상이 나를 배신하고 진가眞價를 알아주지 않을 때 우리는 살맛이 나지 않는다고 한다. 하지만 내가 나를 인정하는 것은 그 누구에게 인정받는 것보다 훨씬 더 강력하다. 마라톤 참가자들은 하나같이 몸은 쓰러질 지경이지만 마음은 뿌듯하고 살맛이 난다고 말했다. 성취를 통해 자신을 인정하게 됐기 때문이다.

'긍정적 독백獨白'이라는 정신훈련법이 있다. 포기하고 싶을 때 "그 동안 넌 잘해 왔잖아. 이번에도 할 수 있어"라고 혼잣말을 반복하는 것이다. 평소 속내를 잘 드러내지 않는 중장년 남자들도 뛰면서 자기 자신과 끊임없이 무언의 대화를 나누는 표정이었다. 조직의 한 부품으로 그저 그렇게 소모되고 말 수는 없다고, 여기서 멈출 수는 없다고 울부짖고 싶을 때 그 눈물과 분노를 꾹꾹 눌러서 한 발씩 묵묵히 옮기었다. '자 봐라, 내 두 다리로 밀고 가는 나의 실존實存을' 다른 사람은 아무도 나를 주목하지 않을지라도 나만큼은 세상에 하나밖에 없는 독특하고 유일한 나의 실존을 확인하면서 자존自尊을 지켜준다고 믿기 때문이다.

마라톤은 심리적으로 고민과 갈등을 해소해주는 기능도 있다고 한다. 장시간 유산소운동을 하면 우울감이 줄어들고 기분이 좋아지고 지나간 일을 후회하거나 지레 걱정하는 습관도 개선된다고 한다. 소위 '분산 효과'라는 것인데 생각하지 않으려고 하는데도 자꾸 고민거리가 떠오른다면 지금이라도 밖으로 나가서 뛰어보기를 바란다. 그러면 사고의 집착이 분산되어 흩어지고 특히 내면의 갈등이 잘 해소된다고 한다. 오래 달리다 보면 뇌에서 엔도르핀이 분비되고 무릎이나 발이 아파도 고통을 덜 느끼고 심지어 기분이 좋아지는 현상을 '런너스 하이runner's high'라고 부른다. 여기에 시각·청각·촉각 등 오감五感 만족이 더해지면 엔도르핀과 도파민 같은 신경 전달 물질이 펑펑 쏟아진다고 한다.

가을에 열리는 춘천마라톤은 양쪽 산에 물든 단풍이 호수에 물그림자로 비치는 풍경이 기가 막히게 아름다운 코스이다. 그런 시각적 자극이 마약처럼 나를 유혹한다. '저기까지 가면 또 다른 풍경이 있을 텐데. 에이, 저기 까지만 가보자'라는 기대를 하고 가니 고통을 잊게 된다. 저만큼 가서 뒤돌아보면 이만큼 달려온 나 자신이 뿌듯했다.

40킬로미터를 지나니 골인 지점이 저 멀리 보인다. 하지만 그때부터는 한 발짝도 옮기기 힘들었다. 그때 나를 계속 뛰게 해준 것은 나를 위해 격려와 용기를 건네주는 좋은 사람들이었다. 시각장애인과 짝을 이루어 그들의 눈과 귀가 되어서 마라톤을 완주하는 분을 보았다. 예전에 나도 시각장애인 도우미를 해봐서 그 느낌을 잘 안다. 그분이 사회에서 어떤 직급이나 직책을 맡고 있는지 모르지만 적어도 그 순간만큼은 인생의 영웅으로 보였다. 그런 영웅은 달리는 주로에 많았다. 아이를 유모차에 태우고 뒤에서 이런저런 이야기를 해주며 달리는 아빠, 서로 다른 나라에 이민 가서 사는 형제들이 매년 마라톤대회에서 만난다면서 화목하게 웃고 응원하는 가족들, 멋있다며 힘내라고 큰 소리로 격려해주는 주민과 학생들 덕분에 나는 내 능력보다 훨씬 더 먼 길을 다시 달릴 수 있었다. 그 누구도 마라톤을 혼자서는 달릴 수 없다. 같이 가야 멀리 갈 수 있다.

이제 봄이 되면 다시 달리기 연습을 다시 할 생각이다. 그전에 우선 나 자신과 대화를 나누는 연습을 해본다. 가볍게 달리면서 내 몸과 마음에만 온전히 정신을 집중하고 몰입한다. 눈으로 새벽에 깨어나는 도시의 거리 풍경을 즐기고, 귀는 자연의 소리에 기울인다. 양 볼과 팔다리에 스치는 바람도 느껴본다. 온몸의 감각을 모두 열고, 오감을 느끼다 보면 일종의 명상 상태에 도달함을 느끼게 된다.

플라톤은 '시가詩歌 교육과 체력 단련 교육을 결합해야 영혼을 균형 있게 발전시킬 수 있다'고 했다. 그 방법은 얼마든지 다양하다. 다만 실행이 문제일 뿐이다. 아는 것은 힘이 아니라 하는 것이 힘이다.

올 한 해를 마라톤에 비유하자면 이제 겨우 2킬로미터 정도를 지난 셈이다. 벌써 지쳐서는 곤란하다. 몸과 마음을 잘 다독여서 모두가 결승점을 통과해야 한다. 좋은 사람들 손을 함께 꼭 잡고서 말이다.

지구 온난화와 다큐멘터리

오래전에 보았던 EBS 방송의 다큐멘터리 프로가 생각난다. 그 프로는 자전거를 타고 출근하는 한 젊은이로부터 시작된다. 주인공은 『회의적 환경주의자』라는 책을 저술한 비외른 롬보르였다. 참고로 이 프로는 참 유익하다. 『엘러간트 유니버스』라는 책으로 초끈이론을 쉽게 설명한 브라이언 그린을 비롯한 평소 존경해마지 않았던 물리학자들을 모두 이 프로에서 편안하고 누워서 뵐 수 있다.

덴마크인 비외른 롬보르는 지구 온난화에 대한 자신의 의견을 밝혔고, 그의 의견을 뒷받침하는 과학자들이 등장해서 자신들의 과학적인 소견과 자료를 밝혀나가면서 프로는 진행되었다. 그가 이 프로를 통해 제기한 이야기들은 과연 지구 온난화가 인간만의 책임인가 하는 점이었다. 오염물질을 배출하는 인간만이 지구의 온도를 올리고 있는가? 사실은 그렇지 않을 수도 있다고 이야기하고 있다. 생각보다 탄탄한 인상을 풍기는 이 젊은이는 현재 이런 연유로 뜨거운 논쟁의 중심지에 서 있다. 더구나 그린피스를 탈퇴한 경력으로 인해 반대편에 서 있는 사람들로부터 변절자라는 이야기까지 듣고 있다. 환경을 업으로 삼는 분들에게 그의 이론은 비판의 대상이 된다. 프로에서는 계속 묻는다. 지구 온난화는 전체적인가? 국소적인가? 홍수는 지구 온난화와 연관이 있는가? 빙하는 최근에만 이렇게 줄어드는가? 그리고 지구상 전체 빙하의 양은 정말 줄어들었는가? 온난화에 있어서 인간에 의한 온실효과 이외에 태양의 역할, 지구의 많은 부분을 차지하고 있는 바다의 역할은 어떤가? 즉, 다른 요소는 전혀 없는가? 그리고 이 모든 질문에 덧붙여지는 것이, 인간이 오염물질을 배출하기 전에는 이런 일들이 전혀 없었는가?

물론 여기에서 '인간의 오염에 의한 여러 가지 이야기들'은 간과되어 있다. 프로를 끝까지 보고 감동을 받았다. 가령 의사가 환자를 만날 경우 질병의 원인을 밝히는 일이 매우 중요하다고 한다. 발병 원인이 적절한 치료에 직결되기 때문이다. 어떤 암의 경우는 단순히 발열만이 주 증상이고, 어떤 암은 마른기침뿐이다. 이때 담배를 꾸준히 피우던 사람이라면 가래가 줄어드는 약을 처방하고 담배를 끊으라고 주장하면 암을 놓친다. 지금 우리가 환경을 보는 눈이 이렇지 않을까 생각하게 되었다. 공해라는 담배에만 신경을 쓴다면 혹시라도, 배후의 다른 질병을, 말하자면 태양의 어떤 변화, 혹은 바다에서 일어나는 변화를 놓칠 수 있다는 점이다. 이런 부분에도 관점을 주지 않으면 회복의 기회를 빼앗는 일이 된다. 환경을 지키려는 분들의 이야기도 잘 들어야 하지만, 과학자들이 제시하는 이야기도 귀 기울일 필요가 있어 보인다. 다양한 시선만이 정확한 진단과 치료에 접근할 수 있다고 보기 때문이다.

우리는 모두 같은 배를 탄 사람들이다. 모 아니면 도가 아니라, 상대편의 이론을 경청하면서 비외른 롬보르 같은 사람들의 이론 역시 경청하는 균형이 필요하다는 점이 프로를 시청하고 난 소감이었다.

내 마음의 화학공장

　중고등학교에 다니면서 왜 물리를 배우고 화학을 배워야 하는지 몰랐다. 봄날 따뜻한 햇빛 아래 실눈으로 앉아 있으니 물리와 화학을 배운 것이 고맙고 고마웠다. 눈가에 스며들어오는 와장창한 햇살이 프리즘처럼 퍼져 일곱 빛 무지개 스펙트럼을 만드는 현상에서 '임의성'을 가득 품은 물리 지식이 고마웠다.

　눈을 뜨고 바라보는 풍경에서 가슴이 슬며시 동하는 것을 느끼며 '특유성' 화학 반응이 일어나는 마음이 반가웠다. '나'라는 세계의 바깥세상은 물리적인 현상으로 내게 자극을 꾸준히 보낸다. 최종적으로 내 마음 안에서 화학반응을 일으켜 감정을 만들어 내는 현상, 몸에 맞지 않은 의자에 앉아 열심히 풀었던 까까머리 시절의 물리와 화학 방정식의 가치를 재평가했다. '산은 산이고 물은 물'인 일차적인 물리적 현상은 내 가슴에 안겨와 이차적인 화학적 반응으로 깊은 감동을 준다.

　이렇듯 화학반응이란 분자를 이루는 원자들의 재배치가 일어나며 화학 결합이 파괴되고 원래 구성 물질과 다른 물질로 바뀌는 것으로 '산은 산이 아니고 물은 더 이상 물이 아닌' 연금술사적인 현상이 벌어지는 것이다. 화학반응의 속도에 영향을 미치는 요인으로는 반응물질의 농도, 반응계의 온도 그리고 압력이다. '첫눈에 반한다. 한눈에 반했다.'라는 이야기는 격렬한 화학적 반응이 일어났음을 의미한다. '서서히 무너졌다'라는 이야기는 꾸준하게 오랜 기간 동안 화학반응이 일어났음을 의미하는 말로 들릴 것이다.

앞에서 무지개 이야기를 했지만 요즘 무지개 보기가 쉽지 않다. 어린 시절에는 한 여름날 시원하게 소나기가 내리고 나면 정말 선명하고 명징하게 무지개가 떠 있는 모습을 자주 보았던 기억이 생생하다. 요즘은 어떤가. 사람들이 무심코 아무 생각없이 내다 버린 각종 쓰레기나 오염물질로 인해 하천이나 바다가 멍들어가면서 자연히 대기 순환이 제대로 이루어지지 않는 현상이 일어나는 것 같다. 아울러 자동차와 공장에서 내뿜는 매연이나 연기가 새로운 오존층을 형성하고 막으면서 대기가 점점 탁해지다 보니 무지개가 안 뜬다는 이야기도 있다.

그런 아련한 추억도 나이를 더해 감에 따라 사람에게서 느껴왔던 자연적인 화학적인 반응은 힘이 점점 약해져 물리적인 반응으로 변해가고, 반면에 물리적으로 단순한 배후 혹은 풍경에 불과했던 자연은 점차로 화학적인 반응을 유발하거나 변하는 것 같다.

노란 봉우리를 품은 개나리 꽃망울에서 느껴지는 깨끗함과 아름다움이 우리네 가슴 안으로 받아들여져 그 안에서 벌어지고 있는 화학반응으로 온몸이 저릿하다. 눈을 돌려 미끈하고 반질거리는 푸른 하늘에서 격렬한 반응으로 폭발음이 들릴 정도이다. 어쩌면 내 마음은 자연을 원료와 시료로 삼은 화학공장化學工場이 아닐까 생각한다. 시간의 도정道程에서 어느 날인가 깨달음이라는 엄청난 빅뱅big bang다운 대폭발을 기다리며 이 화학공장을 무럭무럭 잘 키워 나가야겠다.

미래를 살리는 패러다임

산림학자들이 관찰한 보고서에 의하면 조림 지역에서 산불이 자주 발생한다고 했다. 오랜 기간 동안 스스로 꾸려왔던 숲을 거두어 내고 키 크고 아름다운 나무 혹은 경제림으로 생태학적 개발을 이루어 놓은 자리가 번개, 더위, 인위적 재해 등등에 쉽게 불이 댕겨지곤 한다. 기존의 수목을 베어내고 소득을 올릴 수 있는 나무로 육림을 한 곳들은 얼마 전 태풍이 몰고 온 폭우와 강풍에 어김없이 쓸려 내려가며 마을을 덮쳤다.

모든 언덕과 산에는 역사가 있다. 이 자리는 풀, 꽃, 나무들의 유서 깊은 오래된 집과 같은 공동체인 셈이다. 시간을 받아들이며 아름다운 그들만의 영원한 보금자리를 스스로 이룬 곳이다. 개발을 통해 우선 부유하게 살고, 그 후에 자연을 돌보자는 기업과 정부의 권유를 그대로 받아들일 수 있을까. 그들의 권유를 받아들인다면 혹독한 재해가 뒤따른다는 것이 삼림학파들 이야기며 이번에 우리는 그것을 눈으로 지켜보았다. 오랫동안 대지를 신성한 것으로 여기고 산과 언덕의 안녕이야말로 진정한 평화라고 믿었던 인디언의 지혜가 낡은 것일까. 향수에 젖은 케케묵은 이야기일까. 피할 수 없는 기상이변 안에서 세상을 구원하는 방법은 숲과 언덕을 이해하고 사랑하며 지키는 일이다.

개미가 파놓은 작은 구멍을 들여다보고, 오솔길에 떨어진 새똥 안에서 새의 이름을 찾아내고, 실개천을 따라 올라서며 수생식물들을 주의 깊게 바라보고, 지난주에 피어난 야생화는 언제쯤이면 다른 녀석과 자리를 바꿀지, 이 녀석을 즐겨 찾는 나비는 어떤 종류인지, 이 나무는 언제 가장 빵빵하게 물을 끌어 올리는지, 이 숲에는 어떤 종류의 돌과 바위들이 자리 잡고 있는지, 앞산에서 부는 바람과 다른 산에서 부는 바람은 어떻게 다른지, 이 언덕에서 풍기는 향기의 근원은 무엇인지, 벌레·새·포유류들에게 먹이를 주는 나무들은 어떤 것인지, 언덕 가운데에서 약한 곳은 어디인지, 물이 강하게 흐르는 지역은 어디인지, 거미줄에 붙잡힌 벌레들은 어떤 것이 있는지, 계절마다 낮은 곳과 높은 곳에 피는 꽃들은 어떤 것이 있는지, 날씨 변화에 따라 나뭇잎은 어떤 변화를 하는지 모든 사물에 대해 꼼꼼히 관찰하고 관심을 두고 교류하다 보면 사랑이 싹튼다. 이런 관찰 속에 숲은 물론이고 그 숲에 사는 동식물들을 대상화하지 않고 인격화하여 보호관리했던 인디언의 지혜가 그저 놀라울 뿐이다.

텔레비전 리모컨을 내려놓고 아주 천천히 산길을 한 번 걸어보자. 내 주변에 있는 나무와 동물 그리고 산과 들 모두를 있는 그대로 놓아둔 채 지나친 간섭을 자제하고 진지하게 한번 받아들여 보자. 우리가 최소한 무엇을 하고, 무엇을 하지 말아야 하는지를 알아차리게 될 것이다. 인디언은 물론 우리 조상이 가졌던 낡은 패러다임만이 미래를 지키고 살리는 진정한 패러다임이라는 것을 우리가 알았으면 한다.

생명의 봄노래

긴 겨울을 이겨낸 풀들이 예전 그 자리에 그대로의 모습으로 하나둘씩 약속이나 한 것처럼 솟아나고 있다. 풀도 다 생명이라, 애초에 이기지도 못할 거 야생의 풀을 내버려 두었더니, 지난해 덩굴 숲이었던 자리에는 추운 겨울을 이겨내고 솟아오른 새싹들이 개선장군처럼 버티고 있다. 지난여름 그리도 살갗을 할퀴고 제 세상처럼 밭두렁을 점령하더니 올해도 한판 붙어보자는 기세당당한 자줏빛 여린 싹을 보고 괜스레 눈을 흘겨본다. 그렇다고 뭐 벌써 주눅이 든 건 아니다.

작년보다 더 빼곡하게 밀고 올라온 아름다운 적군을 대하니 원하지 않는 풀과의 전쟁을 선언하고 바로 작전에 들어가야겠다고 다짐해본다. 한편으로 얼마나 힘들게 겨울을 이겨냈으면 지금 막 엄마의 자궁을 밀고 나온 신생아처럼 푸르스름한 자줏빛으로 태어날까 하는 생각에 안쓰럽기도 하다. 겨우내 비바람이 얼마나 불어 제쳤는지 비닐집은 찢어지고 문짝은 날아가고 쇠 파이프가 얼어 터져 비닐 집 옆 개페기 지지대가 꿈쩍도 하지 않아 말썽이다. 비닐을 짜깁기하고 치마 비닐을 다시 고정하고 쇠 파이프를 뽑아내고 새것으로 갈았다.

지난가을 볏짚으로 덮어준 못난이 배추가 벌써 새파랗게 옷을 갈아입고 맛있는 '봄동'으로 다시 태어났다. 납작 엎드린 봄동은 벌금 자리 나물과 깨끗하게 씻어서 겉절이를 하면 꿀맛이다. 파 좀 썰어 넣고 참기름 듬뿍 넣어서 고춧가루와 통깨로 양념장을 만들어놓고 끼니마다 살살 버무려 먹으면 입맛 없는 봄철에 이만한 밥도둑이 없다.

뭐니 뭐니 해도 우리 밭에서 제일 반가운 손님은 부추다. 작년에 옮겨 심은 부추가 이제는 제법 자리를 잡아서 튼실해진 모습으로 싹을 틔웠다. 지난주만 해도 덩굴 싹인지 부추 싹인지 분간하기 어렵게 자줏빛으로 뾰족뾰족 솟아나더니 일주일 만에 아주 예쁜 초록색으로 변신했다. 다음 주면 아마도 우리 밥상에서 새콤달콤 초무침으로 입맛을 돋우지 않을까 기다려진다. 부추는 이른 봄부터 우리 식탁을 떠나지 않는데, 된장찌개를 끓일 때도 무와 부추를 듬뿍 넣어서 끓이면 부추 향을 담백하게 느낄 수 있는 색다른 된장찌개 맛을 볼 수 있다.

어디 그뿐인가. 한번 심으면 누가 특별히 돌보지 않아도 저절로 수확한다고 하여 게으름뱅이풀이라고 불리는 부추는 베어내면 금방 또 자라고 뿌리도 더 넓게 퍼져서 더 많은 양을 선물하는 매력이 있다. 비 오는 날 부추부침개와 막걸리는 환상 궁합이다. 냉장고에 자투리로 남아 있는 당근과 양파를 채 썰고 부추를 크기에 맞춰 썰어 구수한 우리 밀로 부침개 부쳐 놓고 이웃한 마음 고운 사람들 불러 막걸리 한 잔 기울이면 근심 걱정을 모두 다 잊고 낭창낭창 넘어가게 '농부가'가 나오고 '얼~쑤'가 절로 나온다.

남쪽은 꽃 소식이 들려오지만, 이곳은 이제 막 새싹들이 돋아난다. 아무런 약속도 없이 헤어졌지만, 그 자리에 그 모습으로 다시 태어나는 새싹들을 보면서 무언의 약속이 있었음을 짐작한다. 아랫집 할아버지 부부도, 윗집 할머니네 모자도 밭에 엎드려 부지런히 호미질, 괭이질을 한다. 약속이나 한 것처럼 다시 그 자리에 모여들었다. 소리쳐 부르며 인사를 건넨다. 봄의 약속, 가난하지만 겨울 지나 불러낼 땅이 있으니 마음은 이보다 부자일 수 없다.

사
월

조화로운 삶

 몇 차례 금융위기가 우리네 삶의 뿌리를 뒤흔들었다. 매캐한 매연과 자극적인 음식은 건강을 해쳤다. 자본주의 사회는 끝없이 더 많은 소비를 부추겼다. 2000년대 이후 지칠 대로 지쳐 도시를 포기하고 시골로 내려가길 꿈꾸는 사람들이 하나 둘씩 나타나기 시작했다.

 그들 손에는 『조화로운 삶』이란 책 한 권이 들려 있었다. 미국에서 대공황이 최악으로 치닫던 1932년, 세계 최고의 대도시 뉴욕을 떠나 버몬트 시골로 향한 사람들의 이야기였다. 이 책은 스콧 니어링·헬렌 니어링 부부가 버몬트 숲에서 보낸 20년의 기록으로 1954년 미국에서 처음 나왔다. 2차 대전 이후 미국 경제가 회복하고 본격적인 대중 소비사회로 진입한 시점이었다. 흥청망청하던 미국 사람들이 스스로 돌집을 짓고 몇 가지 채소만 먹는 시골 사람들의 목소리에 귀 기울일 리가 없었다. 『조화로운 삶』은 1960년대 후반 미국 젊은이들에게 그랬듯이 자본주의와 전쟁을 비판하는 청년문화가 떠오른 뒤에야 비로소 널리 읽히기 시작했다.

 우리나라에서는 그보다 한참 뒤늦은 2000년에 시인 류시화 번역으로 출간됐다. 헬렌 니어링의 자서전 『아름다운 삶, 사랑 그리고 마무리』가 소개돼 니어링 부부의 삶이 알려진 뒤 3년이 지난 때였다. 지금까지 『아름다운 삶, 사랑 그리고 마무리』는 16만부, 『조화로운 삶』은 11만부가 판매됐다고 한다. 두 책 모두 지금도 꾸준히 독자의 사랑을 받고 있다.

도시를 떠나면서 니어링 부부는 세 가지 목표를 세웠다. 독립된 경제를 꾸려 불황을 타지 않는 삶을 살기, 건강을 지키기, 사회를 생각하며 바르게 살기 위해 세부적인 원칙을 정했다. 먹고 사는데 필요한 것의 절반쯤은 자급자족하기로 했다. 남은 농산물로 돈 벌 생각을 하지 않았기에 필요하지 않은 채소와 곡식은 이웃과 친구들에게 나누어줬다. 모든 생명을 존중해야 한다고 믿어서 짐승을 기르지 않았다. 오전에는 먹고 살기 위한 노동을 하고 오후에는 독서, 사색 등으로 자유 시간을 보냈다. 한 해의 양식이 마련되면 더 이상 일하지 않았다.

『조화로운 삶』의 시간적 배경은 우리나라에서 책 출간 시점과 70년 차이가 나고, 버몬트 숲의 농사 환경도 우리나라와는 무척 다르다. 그럼에도 이 책이 우리나라 독자에게 호소할 수 있었던 이유는 무엇일까. 고故 김종철 녹색평론 대표는 "그때나 지금이나 본질적으로 세상은 변하지 않았다. 미국의 대공황 시대에 힘을 썼던 자본주의의 포악한 논리가 지금도 되풀이되고 있다"고 말했다.

윤구병 보리 출판 대표도 "20세기 노동자는 유해 음식, 대량 살상무기같이 자신이 만드는 것이 인간에게 나쁘다는 것을 뻔히 알면서도 먹고 살기 위해서 일을 해야 했다"며 "아직 건강한 생산을 할 수 있는 영역은 농사밖에 없다는 깨달음에 많은 분들이 공감한 듯하다"고 말했다.

도시인이 낙향해 자연과 어울려 살아간 경험담을 그렸다는 점에서 『조화로운 삶』은 그보다 정확히 100년 전에 나온 헨리 데이비드 소로우의 『월든』과 비교되기도 한다. 그러나 소로우가 월든 호숫가에 살았던 기간이 2년여에 불과한 반면, 니어링 부부는 그보다 10배 이상 버몬트 숲에 머물렀다. 버몬트에 스키장이 생기고 관광객이 늘어나자 정든 돌집과 밭을 버리고 메인 주州의 한적한 바닷가로 옮겨가 다시 26년을 살았다. 소로우의 은둔이 다소 개인주의적이었다면, 니어링 부부는 자본주의, 제국주의에 물든 현대적 삶의 대안을 찾으려 했다는 점이다.

이름 없는 부부의 시골 생활과 세계 변화는 무슨 상관이 있을까. 니어링 부부는 당시에도 비슷한 질문을 받았다. "우리는 의무로부터 피해 달아나려는 것이 아니었다. 오히려 더 가치 있는 의무를 찾고 있었다"고 적었다. 당시 미국적 삶의 방식에 지친 여느 지식인들처럼 파리, 멕시코, 파라과이로 갈 수도 있었지만 니어링 부부는 미국에 머물며 미국인에게 깨달음을 주기를 원했다. 그들은 "사회 체제의 대안이 될 원칙과 실제를 세우고 다듬어 공식으로 만드는 일"과 "심각한 문제를 안고 있는 세계 안에서나마 올바르게 살아가는 본보기를 보여주는 일"을 하려 했다.

도시에 사는 독자가 『조화로운 삶』의 삶을 고스란히 실천하기는 어렵다. 윤구병 대표는 "도시에 살면서 조화롭고 행복한 삶을 누리면 바랄 나위 없이 좋지만, 많은 분들이 그렇게 하지 못한다"며 "노동자들 스스로 연대를 통해 회사에서 시키는 강제 노동 시간을 줄이고 스스로 통제하는 삶의 여유 시간을 늘려야 한다"고 말했다. 장석주 시인은 "몸은 도시적 삶의 공간 속에서 움직이고 이상은 현대적 삶이 가지고 있는 병폐를 부정하며 자연과 더불어 살고 싶어 하는 간극이 있을 것"이라면서도 "현실이 그렇다고 해서 무조건 순응하는 것도 무책임한 삶"이라고 말했다.

"생각하는 대로 살지 못하면 사는 대로 생각하게 된다"라는 큰 울림을
준다.

회사 안 가니 좋냐고요

밥벌이하던 직장에서 퇴직하고 한동안 여러 사람을 만났습니다. 지금은 혼자 지내는 것이 익숙해졌습니다. 어차피 인생은 혼자 살다 가는 것 아닐까 싶습니다. 그동안 많은 사람에게 받았던 빚을 조금씩 갚으며 살아가겠다는 다짐을 잊지 않고 실천하고 있습니다. 정말 직장인으로 사는 동안 바빠서, 정신이 없어서 못 만났던 사람들을 만났습니다. 나이도, 성별도, 직업도, 지위도 달랐지만 그들이 던지는 첫 질문은 대부분 "좋으시죠?"였지만 풍기는 '뉘앙스'는 달랐습니다.

첫 번째 '부러우면 지는 건데'형 입니다. 질문형이라는 문장 구조의 본질에 가장 가까운 쪽입니다. 의자를 바싹 당기고 정말 궁금하다는 듯 고개를 내밀거나 턱을 괴며 묻습니다. 미간에 힘을 주고 눈꼬리는 내리고 입은 약간 튀어나옵니다. '그만두니까 정말로 그렇게 좋던가요?' 혹은 '얼마나 후련하고 개운하실까요?' 정도의 의미를 띠고 있는 것 같습니다. 질문하는 분들 대부분은 한 번도 회사를 그만둔 적 없거나 이직을 했더라도 공백기가 전혀 없었던 쪽입니다. 진짜로 회사를 관둔 사람의 심경에 대한 호기심, 기어이 회사를 퇴직하고 나온 것에 대한 부러움이 함께 깔려 있어 보입니다. 대답은 이렇습니다. "아니에요. 좋은지 모르겠어요.", "그래도 고정적 수입이 있는 쪽이 더 좋죠, 뭐. 그나마 좋은 게 있다면 출근을 안 해도 된다는 거 하나"입니다.

두 번째 '암 그렇고 말고'형 입니다. 질문의 의도는 전혀 없는 쪽입니다. 굳이 의자를 바싹 당기거나 고개를 내밀 필요도 없습니다. 적당히 의자 등 받침에 체중을 싣고 안정적인 자세로 컵에 물을 따르며 온화한 미소를 지을 뿐입니다. 여유롭습니다. 별로 궁금할 것도 없습니다. 회사를 관두고 좋은 건 그들에게 당연한 일이기 때문입니다. 대개 회사를 그만둔 경험이 한 번쯤은 있거나, 이직하면서 꽤 긴 공백기를 갖고 충분히 놀다 들어간 쪽입니다. 표정에서부터 '좋지? 말해 뭐해, 넌 분명 좋을 거야'라고 말하고 있기 때문에 다른 말은 입에서 떨어지지 않습니다. "아, 네네. 좋네요. 하하"입니다.

마지막 '자문자답'형 입니다. 자기가 질문하고, 바로 결론을 내버립니다. "좋으시죠?"라고 묻기에 뭐든 답하려는 순간, "에이, 좋지 뭐!"라고 뚝 자르는 식입니다. 좋은가에 대한 논의는 이미 끝났습니다. 그냥 난, 좋은 거다.

꽤 놀랐습니다. 처음에는 그저 회사를 그만둔 사람에게 건네는 피상적인 인사말이라고 여겼는데, 거의 100퍼센트 비율로 만나는 사람마다 "좋으시죠, 좋으시죠"하는 걸 보고 심각하게 생각해보기 시작했습니다. 회사를 퇴직하고 나온 나, 정말 좋은가? 아니, 오히려 불안정한 쪽에 가까웠습니다. 벌이가 없어서, 바로 다음 달 카드 결제일이 생각나서, 꼭 그런 이유만은 아니었습니다. 오랜 기간 나름 괜찮은 직장을 다녔습니다. 조금의 휴식도 없이 말입니다. 굴레를 벗어나면 마냥 후련할 줄 알았으나, 틀렸습니다. 러닝머신 위에서 정신없이 달리다 맨땅을 밟았을 때의 기분이랄까요. 더 정확히 말하면, 밀도와 중력이 다른 낯선 행성을 밟은 영화 '인터스텔라'의 쿠퍼가 된 기분이 들었습니다.

진짜 하고 싶은 대답은 이렇습니다.

"지구를 등지면 어떤 기분일까요? 미친 듯이 아름답기도 졸도할 만큼 무섭기도 하겠지요. 정확히 말하면, 있는 힘껏 대기층을 밀고 나와서 고요한 우주에 갓 떨어진 기분이에요. 저기, 지구가 보여요. 잠깐 우주여행을 나온 거라면 마냥 장관이겠지요. 하지만 새로운 행성을 찾아야만 해요. 점 찍어 둔 곳이 몇 군데 있지만 예상과 계산일 뿐, 거기가 어떤지는 가봐야 알겠지요. 내리자마자 집채만 한 파도가 들이닥칠 수도 있겠지요. 그래도 정말 좋은 건, 내가 행성을 골라 갈 수 있다는 거"라고 적고 싶네요.

이와 관련하여 '퇴직'이란 시를 쓰기도 했습니다.

그 곳이 영원히
나의 자리인 줄 알았다

이미 한 겹 녹이 슬어
부감한 반쪽은 모른다

잇몸이 시리 듯
세상에 노출된
이 수줍음

말없이
그 자리를 나왔다

졸시 '퇴직' 전문

음악과 인생

실화를 바탕으로 만들어졌다는 영화 '쇼생크 탈출'은 희망을 버리지 않을 때 인간이 얼마나 자기 삶을 아름답게 변화시킬 수 있는지를 감동적으로 보여주고 있다.

아내와 그녀의 정부情夫를 살해했다는 누명을 쓰고 종신형을 선고 받은 채 악명 높은 감옥 쇼생크에 수감돼 있는 앤디 듀프레인은 출구가 보이지 않는 상황에서도 감옥 바깥의 삶에 대한 꿈을 버리지 않는다. 그 안에서 탈출을 계획하고 진행하면서 장기수 레드와 우정을 나누게 되는데, 앤디가 말하는 그 누구도 빼앗을 수 없는 것인 '희망'에 대해 레드는 이렇게 경고한다. '희망은 위험한 것이며 사람을 미치게 할 뿐이라'고. 과연 그러할까.

앤디 듀프레인은 후원 단체에 도서 기증을 요청하는 편지를 끈질기게 띄워 마침내 교도소 안에 도서관이 세워지게 된다. 어느 날 그는 기증된 도서의 뒷장에 붙어 따라온 모차르트의 디스크를 발견하게 되고, 이 작은 디스크 한 장이 그의 감옥 생활을 가르는 분수령이 된다. 혼자 몰래 이어폰을 끼고 이 음악을 듣던 그는 하루는 방송실 문을 잠근 채 감옥 전체와 연결된 확성기에 이 음악을 흘려보낸다.

언제나 거친 명령과 지시가 아니면 살벌한 위협이나 경고 방송만을 내보내던 확성기로부터 흘러나오는 모차르트의 선율. 재소자들은 그 지독하게 낯설고도 아름다운 아리아에 그만 한 순간 넋을 잃는다. '피가로의 결혼'에 나오는 '저녁 바람이 부드럽게'라는 이 아리아의 제목과 가사를 알 리가 없는 죄수들. 이들의 표정은 음악이 흐르면서 비슷하게 닮아간다. 돌처럼 굳어 있는 마음을 저녁 바람처럼 부드럽게 어루만지며 흘러가는 선율에 그들 속에 있던 선함의 한 조각이 불려 나오고 그들은 모두 무언가를 그리워하는 아득한 눈빛으로 하늘 저 너머를 바라본다.

교도관들이 달려와 문을 두드리지만 앤디는 더욱 볼륨을 높이고 비록 한 순간이었지만 프리마돈나의 목청은 높은 담과 쇠창살마저 사라지게 하고 예쁜 새들이 날아들고 꽃잎이 흩날리는 것 같은 황홀을 느끼게 한다. 앤디는 이 일로 인해 창 없는 독방에 2주간이나 갇히게 된다. 햇살 한 줌이 허락되지 않는 관 속 같은 그 독방에서 나오던 날 앤디는 자신을 에워싸며 위로하는 동료들에게 자기는 그 2주일간 모차르트와 같이 있었다며 행복해 보이기까지 하는 미소를 지어 보인다. 모차르트가 어디 있었느냐고 묻는 그들에게 앤디는 자기 머리를 가리키며 말한다. 여기에 있다고. 음악의 힘은 위대하다. 그것은 즐겁고 기쁠 때도 그 정서를 고양시켜 주지만 고통과 슬픔 속에 있을 때 더 강렬하게 우리를 위로하고 이겨내는 힘을 준다. 일하느라 힘든데 무슨 노래냐 싶지만 민요 중에는 노동요가 유독 많은 것도 노래가 주는 위로의 힘이 얼마나 큰지를 말해준다.

내게도 그런 추억이 있다. 오래 전 군대 훈련소에 있을 때이다. 한겨울 연병장에는 점심시간이면 군가가 아닌 유행가나 포크송 같은 것이 흘러

나오곤 했다. 혹한의 날씨에 훈련받으며 무엇보다 위로가 되었던 것이 그 노래들이었다. 입대하기 전 긴 머리를 뒤로 휙휙 날리며 듣던 그 노래들. 어느 날 눈 쌓인 연병장으로 흘러나오는 노래를 듣던 내 눈에서 눈물이 주르르 흘러내렸다. 그 추웠던 겨울은 지나고 따뜻한 봄이 오면 내 님도 나를 찾겠지. 그런 가사였다. 쓸쓸한 곡조와 감상적인 그 가사가 내가 훈련병이 아니었다면 그토록 내 가슴을 할퀴고 지나갔을까. 그 노래는 아직도 내 가슴에 잔잔한 추억과 감동으로 남아 있다.

요즘 텔레비전이나 라디오에서 흘러나오는 음악과 노래에서 그런 위로와 기쁨을 만나기 쉽지 않다. 물론 취향에 맞는 음악을 골라 들으면 되겠지만 말이다. 그 옛날 연병장에 흐르던 노래처럼 우연히 만나는 음악에서 그런 감동을 느껴보고 싶다는 건 지나친 욕심일까.

앤디는 결국 탈출에 성공하여 레드에게 편지를 남긴다. '기억해요, 레드. 희망은 좋은 거예요. 모든 것 중에서 최고라고 할 수 있죠. 그리고 좋은 것은 절대 사라지지 않아요.' 지쳐 있는 나를 위로해주는 음악에 대해서도 마찬가지로 말할 수 있지 않을까. 음악은 좋은 것이며, 모든 것 중 최고이다. 아름다운 음악은 절대 사라지지 않는다고 말이다.

왜 책을 읽는가

나에게 책은 한마디로 '쌀'과 같다고 말하고 싶다. 내가 쓰고 있는 글이라는 밥을 짓기 위한 쌀이다. 쌀이 좋아야 밥맛이 좋은 것은 당연하다. 얼마나 많이 읽고, 많이 생각하고 '나의 것'으로 만들었는지는 섬세한 악기를 연주하는 연주자같이 예민하게 받아들이는 것에 비유할 수 있다. 책은 내게 많은 것을 선물한다.

첫 번째가 집중력이다. 책을 읽는 동안만은 아무런 생각없이 책 속으로 들어갈 수 있어 완벽한 집중을 할 수 있다.

두 번째는 스스로 생각하고 무언가를 만들어 내고 그려낼 수 있는 능력을 키워준다는 것이다. 나는 인터넷을 통해 다양한 정보와 지식을 바로 알아낼 수 있기에 널리 이용하고 있다. 하지만 인터넷이 지니고 있는 문제는 잘 포장되고 대량으로 찍어내는 기계 같다는 점에서 불만이 있다. 자기 스스로 시간을 들여 노력하거나 애써서 얻는 정보가 아니라 마치 슈퍼마켓 선반 위에 있는 물건처럼 대량 생산되었거나 똑같은 맛을 지닌 상품이라는 점이다. 그에 비하면 책 읽기를 통해 얻는 생생한 지식은 밭에서 갓 뽑아낸 무 같은 신선함이랄까 아니면 유기농 채소가 지니는 가치와 품격을 느끼는 것과 같다. 정보의 홍수와 범람 속에서 '진실'을 가려낼 능력을 갖추고 싶다면 그 해결책은 바로 '책 읽기'라고 말하고 싶다.

세 번째는 간접 경험의 기회를 얻을 수 있다는 점이다. 이 간접 경험은 내 인생에서 두고두고 고마워해야 할 일이다. 책을 통해 경험했던 사랑, 미움, 질투, 도전, 배신, 욕망, 격정 등 수많은 감정을 두고 투사하지 않았던 들 내 인생은 더없이 혼란했을 것이다. 책이란 '전위대'가 없었다면 상처받고, 피 흘리고, 끌려 다니고, 눈물 흘리고, 분노하고 이루 말할 수 없는 수많은 일들이 내 인생에 그득했을 것이다. 그런 일을 직접 겪느라 내 인생은 아마 완전히 소진되었을 것이다. 지금 내가 글을 쓸 수 있고 그나마 이 정도 안정된 삶을 꾸릴 수 있는 것도 책 속에서 수많은 불행과 사랑과 분노를 나대신 경험했던 수많은 주인공 덕분이 아닐까 싶다.

네 번째는 최고의 즐거움을 준다는 것이다. 내게 독서란, 최고의 오락이다. 내가 가장 좋아하는 일은 맛있는 차 한 잔, 혹은 포도주 한 잔을 천천히 마시며 가벼운 책을 읽는 것이다. 소설책, 인문과학, 사회과학, 잡지, 시집 등을 읽다 보면 한 주의 고단함과 피로가 싹 가시고 동시에 위로마저 느낀다.

내 영혼이 외로울 때, 내 삶이 고단할 때 나는 책을 읽는다. 마치 허기질 때 갓 지은 밥에서 모락모락 나는 그 냄새처럼 유혹적인 것이 없듯이 내 인생 최고의 황홀한 순간은 아직 인쇄소에서 온기가 마르지 않는 따뜻한 내 책을 받아들였을 때이다. 왜 책을 읽는가? 좀 더 나은 삶, 좀 더 어질고 지혜롭게 살기 위한 인생의 지도를 만들기 위해서 책을 읽는다고 한다.

책보다 동영상이 더 눈길을 사로잡는 시대, 우리나라 성인 중 1년에 책을 한 권도 읽지 않는 사람이 절반이 넘는다는 조사 결과가 있을 정도로 독서 습관을 평생 가져가는 것이 쉽지 않은 일이라는 것을 안다. 그래서 마음이 맞는 사람들과 책 이야기를 나눠보는 것도 좋을 것 같다.

'서권기 문자향書卷氣 文字香'이라는 문구가 떠오른다. "책을 읽어 교양을 쌓으면 몸에서 책의 기운이 풍기고 문자의 향기가 난다"는 말처럼 책을 좋아하는 사람의 아름다운 기운을 모두가 함께 느낄 수 있었으면 그리고 잠시 시간 내어 가족들과 서점에 들러 책을 골라보는 여유와 작은 행복을 느껴보면 어떨까.

오
월

하늘가는 길

　몇 해 전 봄, 정말 오랜만에 시골에서 꽃상여를 보았다. '하늘가는 길'에서야 생전에 못 했던 호사를 누리며 가는 망자亡者의 명복을 빌어 주면서 지겹도록 슬픈 뎅그렁~ 뎅그렁 그 소리를 들었다. 어릴 적 기억이 스멀스멀 되살아난다. 망자가 살던 동네를 한 바퀴 돌고 장지로 떠나기에 앞서 망자의 혼을 달래주는 의식을 치른다. 이때 할아버지가 치는 종소리는 달랐다. 맑고 깨끗했다. 종소리보다 더 신나는 것은 펄럭이는 깃발, 아니 만장輓章이다. 길게 줄지어 선 울긋불긋한 만장은 운동회 만국기보다 더 멋있어 보였다. 쫄래쫄래 뒤쫓다가 옆구리도 찔리고 눈총을 받지만 이런 날 어른들은 크게 소리 내서 꾸짖지도 못하고 부엌 빗자루도 들지 못한다는 것을 알기 때문이다. 앞서거니 뒤서거니 하며 들려오는 소리는 또 얼마나 창창했던지.

　눈이 부리부리한 할아버지 목소리는 탁하면서도 낭랑했다. "명사십리 해당화야 꽃잎 진다 서러 마라. 너는 가도 명년 봄이면 다시 피건마는 우리 인생은 한번 가면 돌아오지 않는구나" 뒤를 잇는 상여꾼들의 합창이 이어진다. "에헤에, 에~에~헤, 어허야 디야 어야." 동구 밖을 벗어나 산기슭으로 접어들면 할아버지 가락은 구성지다 못해 숨이 넘어갔다. 망자를 보내는 일가친척 곡소리는 서럽게 메아리쳤다.

"이 사람아 어이 그리 쉽게 가는가. 문지방 너머 북망산이라더니 그리 갈 걸 정은 어이 남겼는가. 저 어린 것 눈에 밟히지도 않던가. 내년 봄 꽃 놀이 하자더니 먼저 가면 우린 어쩌나. 하늘나라 좋다지만 언제 가도 갈 것을 어찌 그리 서둘렀는가?"

요령 소리, 상여꾼의 뒷소리, 목 놓아 터뜨리는 "에고에고" 곡소리가 구슬프다. 할아버지는 천연덕스럽게 가는 이의 넋두리까지 풀어놓는다.

"간다, 간다, 나는 간다. 사랑하는 아들딸, 펑퍼짐한 마누라 엉덩이 놓고 내 어이 가고 싶겠느냐 마는 다시 못 돌아올 길로 나는 간다. 비바람 몰아치지 않고 슬픔 없는 곳, 꽃잎 지거든 나일랑 잊거라. 버스 타고 갈까, 구름 타고 갈까" 긴긴 사설이 이어진다.

당시 어린 저의 마음에 무엇을 알까마는 곡은 가슴을 아리게 했다. 더러 까닭 모를 눈물이 흘러내렸지만 생전 보지 못했던 꽃상여를 보면 입이 딱 벌어지곤 했다. 나도 나중엔 저런 꽃가마 한번 타봐야지, 다짐도 했다.

꽃으로 뒤덮인 상여는 휘황찬란했다. 귀신이 들어설 자리가 없었다. 지금은 꽃집에서 종이꽃을 만들었지만 1960년대만 해도 솜씨 좋은 마을 아낙네들이 둘러앉아 만들었다고 한다. 색색의 종이를 몇 번 접었다 폈다 하면 화려하게 피어나는 꽃. 마지막 가는 길, 대부분 처음하는 호사인 것 같다. 그래서 죽기 전 할머니의 소원도 꽃상여 타고 저승 나들이 하는 것이라고 하시던 말씀이 생각난다. 띄엄띄엄 몇 송이 매달고 마는 것이 아니었다. 시집올 때 꽃가마를 타지 못했던 할머니는 겹꽃을 촘촘하게 박아

달라고 했다. 할머니는 용케 가는 날을 알았고 가기 전날엔 온종일 꽃상여 타령을 했다. 잘났건 못났건 이승에 대한 미련을 두고 떠나는 길. 하지만 아이들에겐 더 없는 잔치였던 것은 사실이다. 볼거리, 먹을거리, 놀거리가 모두 넉넉했다. 죽음이 뭔지 모를 때인데다 모두 바쁜 터라 간섭하는 어른도 없었고 더욱이 뜻하지 않게 맞이하는 자유의 시간이었으니 기쁨 또한 두 배였다. 삶은 돼지고기 입에 넣고 떡 한 조각 디밀고 김치 한 움큼 집어넣으면 그런 행복이 없었다. 품앗이 나간 엄마도 행여 사람들이 볼세라 야단치는 척하면서도 꽃무늬 과자를 허리춤에 찔러주었다.

원래 '상갓집 잔치'는 넉넉하게 음식을 차려 인근 10리 거지까지 배불리 먹여야 하는 법이었다. 망자를 욕 먹이지 않으려는 배려였는데 넉넉하게 챙긴 동네 사람들은 "정말 아까운 사람인데 너무 일찍 갔다"든가, "살아서 좋은 일을 많이 했으니 틀림없이 좋은 데 갈 것"이라며 다투어 덕담을 늘어놓기도 했다. 태어나서 한번은 호강하는 '하늘가는 길'이라지만 산 자도 보살필 겨를 없는 요즘은 죽음 의식도 지극히 명료하고 간단한 행사가 되어버렸다. 상여꾼 소리를 대신하는 녹음기, 돈 받고 일하는 얼굴도 이름도 모르는 장례사업자들, 트럭 뒤 칸에 실려 가는 묘지에 쓰일 물품들을 보면 말이다.

죽음은 정말 죽음처럼 삭막하기만 하다. 하긴 소리할 사람도, 상여를 멜 젊은이도, 종이꽃 만들 아낙도 없으니 만장을 거느린 꽃상여는 다시 꿀 수 없는 한여름 밤의 꿈일 수밖에 없겠다고 생각했는데 그런 꽃상여를 보았다. 죽음마저 잔치로 승화시켰던 우리네 꽃상여. 살아생전 일면식 없어도 영혼을 부르는 구성진 가락 때문에 맑은 눈물을 흘렸던 그 어린 시절. 조금 더 살자고 몸부림치는 사이에 마지막 축제마저 세월 뒤편으로 사라지고 말았으니 하늘가는 길이 얼마나 쓸쓸할까 생각하면 가슴이 저며 온다.

기억하는 물

  양자물리에 의하면 물은 가변성 정보를 포함하고 있다고 한다. 즉 물이 기억하는 특성이 있다는 이야기다. 1988년 프랑스 파리대학교의 자크 뱅베니스트J. Benveniste는 이태리, 이스라엘, 캐나다 등 4개국과 공동연구를 통하여 물이 정보를 기억한다는 사실을 발표했었다. 다소 복잡한 내용이지만 그 내용의 요지는 이렇다. 항체를 물에 녹이는데 이 물을 수백 배 희석하여 물에는 이미 항체 분자가 없는 상태로 만든 후 이 물에 백혈구를 접촉한 결과, 백혈구는 항체가 존재할 때와 같이 동일한 반응을 보였다는 내용이다. 물에는 이미 항체 분자가 없는데도 불구하고 백혈구가 항체가 있는 것처럼 반응하는 것은 물이 항체를 기억하기 때문이며 물이 항체를 기억한다는 것은 물이 정보 에너지장을 가지고 있다는 이야기다.

  그 외 다양한 나라에서도 이와 비슷한 실험에서조차 물의 기억력 즉 정보에 관한 연구가 진행되어 증명되었으니 물은 바로 정보-에너지장을 가지고 있음을 말한다. 최근에 에모토 마사루가 쓴 『물은 답을 알고 있다』라는 책에서 이 같은 사실을 입증하듯 물이 어떤 환경에 의해 변하는지를 보여주는 다양한 모습의 사진들이 실려 있어 위의 학설을 뒷받침하고 있다. 이렇듯 이 지구상에서 없어서는 안 될 소중한 자원 중의 하나인 물이 기억한다는 것이다.

이런 소중한 물이 야누스의 얼굴을 가진 양면성을 보여주는 엄청난 경고들이 지구촌 곳곳에서 들려온다. 그 이유는 간단하다, 우리 인간이 만든 일이기 때문이다. 하지만 물도 물 나름이다. 지난해 태풍이 왔을 때 기록적으로 내린 순식간의 폭우로 큰 피해를 입었다. 산과 들판은 물론 우리가 살아가고 있는 삶의 터전을 초토화하고 간다는 말도 없이 산하를 휩쓸며 큰 상처만 남기고 지나갔다. 사실 하늘에서 쏟아지는 물은 단순히 비가 아니라 정보의 결과로 보아야 한다. 이제 물에 대해 정확히 안다면 비 역시 물이 기억하는 결과로 보아야 할 것이다. 우리가 물 안에 오염, 방종, 열대우림 파괴, 자연 경시 등 결코 떠올리기 싫은 악성 분자를 기록한 것이 그 같은 재앙으로 나타난 것은 아닌지 모르겠다. 성경에 나오는 '노아의 방주'라는 것은 바로 이런 인간 타락에 관한 정보나 기억의 극대화로 인한 과거 한때의 엄청난 물의 이동으로 나타난 재앙이 아닐까 싶다.

코드Code를 정확히 읽고 디코드Decode하기 위해서는, 이 지구별이라는 행성의 주인이 이 정도 비에 우왕좌왕하는 인간이 아님을 아는 것이 바로 그 시작이다. 더 이상 주인 노릇을 해서는 아니 되며, 오염 물질을 줄여 물을 맑게 하고, 욕심을 줄여 하천을 메꾸거나 흐름을 왜곡하지 않고 물의 저장고인 숲을 파괴하지 않는 일이 중요하다는 것을 알려주고 있다.

안타까운 것은 자연이나 환경훼손을 가장 적게 일으키는 가난한 사람들이 뜻하지 않는 재해를 많이 당한다는 것이다. 참으로 부조리한 일이다. 그 부조리 안에는 또 다른 어떤 제한적인 요소가 있겠지만, 우리가 우선해야 할 일은 물을 물로 보지 않으려는 거만함이 아닌가 싶다. 이 역시 물에 대해 기억을 가진 존재로 인정하는 일이 중요하다. 더불어 우리 자신이 자연훼손, 환경파괴, 자연에 대한 진지하고 경외의 대상으로 접근하거나 하나의 인격체로 대해 주어야 하는 일이 바로 가난한 이웃을 돕는 일이라는 사실을 알아주길 바랄 뿐이다. 그들에게 베푸는 일시적인 물질적 혜택이나 도움도 중요하지만, 자연을 하나의 신성한 존재로 인정해주는 마음가짐의 자발심이 스스로 일어나야 한다. 그것이 바로 자연을 사랑하는 마음이고 그들에게 선행을 베푸는 일과 같기 때문이다.

봄날은 간다

봄이 뻐근하다. 저녁놀에 부걱부걱 술 익는 소리가 들린다. 술꾼들은 '꽃피는 짐승'이다. 발밤발밤 주막집 골목을 어슬렁거린다. 꽃잎 어지럽게 흩어진 고샅길. 며칠 동안 가랑비와 보슬비가 갈마들며 흩뿌린 탓이다. 비거스렁이로 부는 바람이 자못 칼칼하다. 나뭇가지에 여린 잎들이 아가들 젖니처럼 우우우 돋아난다. 천지가 온통 연둣빛 풀물이다.

장사익이 부른 '봄날은 간다'가 봄밤 술청을 달군다. 가슴이 저려온다. 역시 그의 리메이크 노래 '봄비'가 이어지고, 곧 피를 토하듯 '찔레꽃' 노래가 울려 퍼진다. 왜 그는 찔레꽃을 '별처럼 슬프고, 달처럼 서럽다'고 했을까. '또랑 광대' 같은 그의 지나온 밑바닥 삶이 두고두고 서러웠을까.

아직 그의 봄노래는 끝나지 않았다. 강바닥에서 퍼 올린 듯 말간 슬픔은 '꽃구경'에서야 비로소 끈적끈적한 진액으로 배어 나온다. 김형영 시인의 '따뜻한 봄날'이라는 시를 제목만 '꽃구경'으로 바꿔 불렀다. 그 옛날 부모가 늙고 병들면 깊은 산속에 버리던 풍습인 고려장高麗葬을 애틋하게 그렸다.

"어머니, 꽃구경 가요 제 등에 업히어 꽃구경 가요 세상이 온통 꽃 핀 봄날 어머니 좋아라 아들 등에 업혔네 봄 구경 꽃구경 눈감아 버리더니 한 움큼 한 움큼 솔잎을 따서 가는 길바닥에 뿌리며 가네 어머니 지금 뭐 하시나요 꽃구경은 안 하시고 뭐하시나요 솔잎은 뿌려서 뭐하시나요 아들아, 아들아, 내 아들아 너 혼자 돌아갈 길 걱정이구나 산길 잃고 헤맬까 걱정이구나"

가슴이 먹먹하다. 창자가 울컥 쏟아질 것 같다. 세상의 어느 어머니가 이렇지 않을까. 모두들 소리 죽여 진한 속울음을 운다. 역시 소리꾼 장사익의 노래는 악보에 표시할 수 없는 뭔가가 있다. 영락없는 '푹 삭은 서해 바다 젓국'이다. 반주 없이 생목으로만 부르는 게 절창이다. "엄니, 지금 머 허신대유~!" 어눌한 그의 충청도 홍성 광천 촌사람 말도 그대로 가슴을 후벼 판다. 명치 아래에 뜨거운 뭔가가 '우욱' 올라온다.

그렇다. 봄밤은 짧아서 슬프다. 꽃이 쉬이 져서 서럽다. 그래서 시인들은 '봄날은 간다'에 느낌이 꽂힌다. 계간 〈시인세계 2004년 봄호〉에 시인 100명을 대상으로 설문조사를 했는데 가장 좋아하는 노랫말로 단연 이 노래를 꼽았다. '봄날은 간다'를 부르면 그냥 목이 멘다는데 어쩔 것인가. 어디 시인들만 그럴까. 대한민국 남자들의 봄은 '연분홍 치마가 봄바람에~'를 흥얼대며 시작되고, '봄 나~알은 가아~안다'를 울부짖으며 끝난다.

이 노래는 1953년 대구유니버설레코드사에서 가수 백설희가 발표한 노래다. 화가이며 시인이었던 손로원1911~1973이 노랫말을 썼다. 손로원은 철원 출신의 청상과부 외아들로 태어나 전국을 떠돌며 그림을 그리고 시 쓰며 젊은 날을 보냈다. 그러다가 그만 어머니의 임종을 지키지 못했다. 아들은 목을 놓아 울었다. 그러면서 어머니가 늘 하던 이야기를 떠올렸다. "네가 장가드는 날, 난 열아홉 시집 올 때 입었던 연분홍 치마저고리를 꺼내 입을 거야." 아들은 어머니를 그리며 미친 듯이 노랫말을 써 내려 갔다. 손로원은 사시사철 고무신에 검은 점퍼를 입고 다녔다고 한다. 그는 '막걸리대장'으로 불렸을 정도로 모주꾼이기도 했다.

이미자, 배호, 나훈아, 문주란, 조용필, 한영애, 이동원, 장사익, 김도향, 주현미, 심수봉, 최백호, 하춘화, 오승근, 김수희 등 대한민국의 내로라하는 가수들도 앞 다퉈 '봄날은 간다'를 불렀다. 밤새도록 여러 가수들의 '봄날은 간다'만 들려주는 술집도 있다고 한다. 주당들은 '누구 노래인지 알아맞히기'에 목을 맨다. 저마다 도저한 감칠맛이 있다. 한영애와 이동원의 노래는 들큼하고 알싸하다. 심수봉, 최백호, 김도향의 목소리는 새큼하고 슴슴하다. 조용필, 장사익의 절절한 소리는 구뜰한 묵은지 맛이다.

산수유꽃 매화꽃이 떨어지고 개나리 진달래 목련꽃도 하나 둘 숙지고 있다. 벚꽃은 건들바람에 땅바닥에 나뒹군다. 지난해 꽃들은 다 어디로 갔을까. 벌써 붉은 명자꽃이 피고, 라일락꽃 향기가 코끝에 걸린다. '한순간 깨침에 꽃 피었다 가진 것 다 잃어버린 저기 저, 발가숭이 봄!' 김종철 시인은 '그냥, 꽃 진 자리에서 한 스무 해쯤 살았으면 좋겠다'고 노래한다. 꽃 피우지 말고 바보처럼 한 세상 살다 가고 싶다는 거다. 그렇다. 봄! 봄! 그리 빨리 가려면 오지나 말지. 우리의 봄날은 이렇게 속절없이, 가뭇없이 가고 있다.

보리에서 느끼는 서정

요즘 주말마다 비가 자주 내린다.

5월 말이면 동해안 호미곶 일대 보리밭은 연초록에서 조금씩 황금빛으로 변해간다. 이런 보리를 떠올리면 서글퍼지기도 하고 대견스럽다는 생각도 든다. 멀리 동해바다 물결 타고 오는 바람이 무척 싱그럽다. 다른 식물들이 푸르름을 뽐낼 때 보리밭은 잘 익은 가을빛을 내기 시작한다. 보리누름 때가 오면 여름은 빠르게 다가오고 보리를 수확하는 농부들 일손은 바쁘다. 특히 이모작을 하는 농부들은 더 바빠진다. 지금은 쌀이 남아돌아 이모작을 하는 농가가 많이 줄었지만 같은 시기, 같은 땅에서 밭작물과 논작물을 번갈아 거두고 심기에는 시간도 일손도 부족하기 마련이다. 하지만 보리농사는 별로 이익이 나지 않으므로 이제는 농부들이 보리농사 짓기를 꺼린다고 한다.

요즘 농부들은 그전 같지 않아 자기 스스로 노동에 대한 대가를 따져볼 줄 알게 되었고 그 대가가 신통치 않으면 미련 없이 포기할 정도로 수준이 높아졌다. 역설적으로 이제는 먹고 살만해졌다는 이야기로 들린다. 한때 '우리 밀 살리기 운동'이 등장해서 한동안 호응을 얻는 듯 했지만 얼마 안 되어 흐지부지되고 말았던 적이 있었다. 이때 '우리 보리 살리기 운동'을 했다면 얼마나 좋았을까 하는 아쉬움이 남는다.

어린 시절 보리밭을 거닐면서 잘 익은 보릿대를 꺾어 보리피리를 만들어 불기도 했고 그 텁텁하고 까슬한 보리 이삭을 까서 먹기도 했다. 물에 살짝 담가 보들보들해진 보릿대로 예쁜 여치 집을 만들기도 했다. 그리고 보릿고개라는 전설적인 이야기와 꽁보리밥을 먹었던 기억은 잊을 수 없다.

보리는 가실 해도 허기를 달래주는 데는 그 당시 최고의 먹거리였다. 푹 삶은 보리를 건져내어 소쿠리에 담아 놓은 뒤 부엌 구석에 매달아 놓는다. 삼베로 덮여 있는 식은 보리밥을 크게 떠 큰 사발에 듬뿍 담아 빨간 고추장과 참기름을 넣고 된장국으로 비빈다. 이때 텃밭에 있던 상추를 뜯어다 넣어 비벼 먹으면 그 맛은 정말 일품이었다. 하지만 보리밥이나 콩밥을 많이 먹으면 방귀가 많이 나온다고 어른들이 이야기해서 보리밥을 먹은 날이면 늘 긴장되기도 했었다.

'보릿고개'를 경험한 세대들이 있다. 내가 겪은 시절은 보릿고개 끝자락에서 잠시 유년의 추억 정도로 기억하고 있으니 처절하게 보릿고개를 넘겼던 이들의 아픔을 다 알지는 못한다. 그래도 돌이켜보면 '눈물 젖은 빵'을 먹어 본 시절이기에 인생의 맛을 조금이나마 풋풋하게 간직한 것은 소중한 추억이 아닐 수 없다. 살기 어려웠던 시절 민초들의 허기를 채워주었던 보리와 보리밭도 이제 점점 그 설 자리를 잃어가고 있다. 이곳 호미곶 일대 보리밭만 해도 보리를 파종하지 않는다는 이야기가 심심찮게 들린다. 그런 일이 일어나지 않기를 바라는 마음뿐이다.

익은 보리나 벼는 비 온 뒤 무거워진 낱알을 품고 고개를 숙인다. 말없이 고개 숙이고 있는 보리를 보며, 사람도 저렇게 찰수록 고개를 숙여야 하는 법이라고 많은 사람이 말하기도 한다. 청춘을 잃은 보리는 늙어가는 것이 아니라 익어가는 것이다. 작은 물방울들을 이슬처럼 달고 고개 숙이고 있는 보리를 보니 내 마음이 저만큼 알차게 여물려면 아직 멀었다는 생각이 든다.

유
월

유월의 노래

지난겨울이 얼마나 매섭게 추웠는지를 까맣게 잊게 할 만큼 더위가 성큼 다가왔다. 아니 이미 여름 같다. 그런데 날이 더워진 탓인지 뒤늦게 시골집 마당에서 대나무가 죽순을 올리기 시작했다. 하지만 올해는 어찌 된 일인지 예년과 달리 5월 중순이 지나도록 대나무에서 죽순 올라오는 것이 어지간해서 눈에 띄지 않았다. 지난겨울이 유난히 추웠던 탓에 대나무 뿌리가 얼어 버려 죽은 것인지 모르겠다는 생각도 들었다. 그러나 기우杞憂였다. 시절 감각에는 좀 늦었지만, 집 마당에 있는 대나무의 땅 속 뿌리는 기어이 튼실한 왕대 죽순들이 마당 곳곳에서 땅을 뚫고, 심지어 바닥 벽돌을 뚫고 솟아오르게 했다.

벽돌을 뚫고 심지어 그것을 머리에 이고서도 죽순이 솟아오르는 신기한 모습을 어린애처럼 보다가 대나무와 대나무 사이에 방사선 모양으로 지어진 제법 커다란 거미집이 눈에 들어왔다. 그리고 거기에 붙어 있는 왕거미 한 마리를 물끄러미 바라봤다. 그때 문득 아메리카 인디언들이 붙인 달 이름이 떠올랐다. 저마다 광야에 선 시인과 다를 바 없던 아메리카 인디언들은 일 년 열두 달을 각각 다르게 이름 지었다. 유월을 예로 들면 '옥수수 수염이 나는 달 위네바고 족', '더위가 시작되는 달 퐁카 족', '나뭇잎이 짙어지는 달 테와 푸에블로 족', '황소가 짝짓기하는 달 오마하 족', '말없이 거미를 바라보게 되는 달 체로키 족' 등이다. 특히 체로키 족이 명명한 '말없이 거미를 바라보게 되는 달'이라는 유월 이름처럼 나 스스로 유월에 행동하게 된 것이 우연일지라도 신기했다.

서양에서 유월은 가장 젊은 달로 유월June이 '젊은이'를 뜻하는 라틴어 '이우니오레스iuniores'에서 연유했기 때문이다. 반면 우리가 젊은이의 달이라 생각하는 오월은 정작 '노인'을 뜻하는 라틴어 마이오레스maiores에서 유래했다고 한다. 게다가 유월은 가장 많이 결혼하는 달이기도 하다. 그만큼 젊고 농업시대에는 가장 생산성이 높은 달이기도 했다. 게다가 스웨덴과 핀란드 같은 북반구에선 6월 셋째 금요일을 하지夏至 축제로 기념한다. 하지는 낮이 가장 길고 밤이 가장 짧을 때를 이름이다. 그만큼 생명력이 넘치는 시기가 바로 유월이다.

"나는 가끔 후회한다/그때 그 일이/노다지였을지도 모르는데/그때 그 사람이/그때 그 물건이 노다지였을지도 모르는데/더 열심히 파고들고/더 열심히 말을 걸고/더 열심히 귀 기울이고/더 열심히 사랑할 걸//반벙어리처럼/귀머거리처럼 보내지는 않았는가/우두커니처럼/더 열심히 그 순간을/사랑할 것을//모든 순간이 다아 꽃봉오리인 것을/내 열심에 따라 피어날/꽃봉오리인 것을!" 정현종 시인의 육필 시집 『환합니다』 중에서 '모든 순간이 꽃봉오리인 것을'이라는 시다. 가장 파괴적인 단어가 '나중'이고 가장 생산적인 단어는 '지금'이다. '즉시현금 갱무시절卽時現金 更無時節'이란 말도 있다. "지금이 곧 그때이고, 그 시절은 다시 없다"는 뜻이다. 모든 게 찰나이고 순간이다. 지금은 다시 없다. 지금이 그때다.

흔히 유월을 가리켜 호국영령의 달이라고 부른다. 하지만 왠지 그렇게 부르면 슬프다. 죽어서 박제화 된 느낌이다. 본래 이 나라를 지켜낸 호국 영령들은 젊었다. 죽순 같았고 꽃봉오리 같았으리라. 하지만 그들은 푸른 대나무로 다 자라기도 전에, 활짝 꽃피워 보기도 전에 시대 속에서 산화散 華했다. 하지만 그것은 값없는 죽음이 아니었다. 그들의 죽음 위에 우리는 너나 할 것 없이 삶을 이어 나갔다. 그들이 없었다면 오늘 우리는 없었다. 그들이 그 순간, 그 시절에 몸 바친 까닭에 우리는 어제를 살고 오늘을 산 다. 젊고 찬란한 유월에 우리가 그들을 기억해야 할 까닭이 여기에 있다.

덧셈보다 어려운 뺄셈

살다 보면 평수와 관계없이 집은 늘 비좁기 마련입니다. 평수가 문제가 아니라 물건들 때문입니다. 작은 집에 살다가 큰 집으로 이사 가면 처음에는 넓다고 좋아하지만, 곧 물건이 하나둘 쌓이면서 점차 집이 좁게 느껴집니다.

내가 아는 한 분은 물건 하나를 사면 반드시 하나를 버리기로 아내와 약속했다고 들려주었습니다. 예를 들어 신발을 한 켤레 사면 신던 신발 한 켤레는 버리는 식으로 말입니다. 버리지 못하겠다면 아예 사지 않기로 정했다고 합니다. 나도 그 아이디어를 실천해 보기로 하고 우선 봄맞이 정리 정돈을 했습니다. 집 안 구석구석 차지하고 있을 필요 없는 물건부터 버리기로 결심하고 시작한 일이었습니다.

하지만 버린다는 게 쉬운 일이 아니었습니다. 일단 물건의 필요성에 대한 식구들 의견이 다 달랐습니다. 그러다 보니 버리고자 한 목표량의 반의반에도 못 미쳤습니다. 나 역시 큰맘 먹고 버리는 쪽에 두었던 물건이 아까워서 다시 버리지 않는 쪽으로 분류했습니다. 그렇게 이쪽으로 놓았다 저쪽으로 놓았다 반복하며 한나절을 보내다 결국 반을 버리고 반은 살리기로 했습니다. 만족스럽진 않지만 그 바람에 공간이 좀 생기자 그것만으로도 집이 훤하고 속이 다 시원해졌습니다. 이것들을 왜 진즉에 버리지 못하고 끼고 살았는지 혀를 차면서요.

　몇 해 전 여행을 간다고 딸이 짐 싸는 것을 옆에서 거들어 주었던 적이 있었습니다. 가방이 불룩하도록 넣었다가 아무래도 항공사 수하물 규정량을 넘을 것 같다며 다시 빼고, 다음 날에는 현지에서 꼭 필요할 것 같다면서 다시 넣기를 거듭하더군요. 한참 고민하다 결국 가장 필요한 우선순위대로 짐을 꾸리는 걸 보았습니다. 덧셈보다 뺄셈이 어려움을 실감했습니다.

　하찮은 물건 하나 버리기도 어려운데 하물며 마음을 비운다는 것은 얼마나 어려울까요. 내 마음의 방에도 흔쾌히 버리지 못하고 쌓여 있는 묵은 감정들이 참으로 많은 것 같습니다. 괘씸하고 섭섭하고 또는 억울하고 노여운 감정들을 그때그때 정리하지 못하고 꾹꾹 눌러 두는 경우가 있을 겁니다. 그런 것들이 한쪽에 남아 있어 내 마음을 어둡고 우울하게 만든다는 걸 알면서도 버린다는 게 쉽지 않습니다.

　베란다에 있던 짐들을 버리니 햇볕이 더 많이 들어와 집안이 훨씬 밝아졌습니다. 집안 정리가 끝났으니 이번에는 내 마음의 방을 들여다봐야겠습니다. 쓸데없는 물건들을 많이 버릴수록 개운하고 편안해지는 원리를 내 마음에도 적용할 일입니다.

월든에서 배우는 교훈

'월든'은 미국 매사추세츠 주州 자그마한 마을 콩코드에 있는 호수의 이름이다. 무척이나 맑고 깊다는 점을 빼놓고는 이렇다고 하게 내세울 것이 없는 작은 호수에 불과하다. 따라서 대부분 사람들은 미국의 오대호슈피리어호, 미시간호, 휴런호, 이리호, 온타리오호 는 알아도 월든 호수를 모르는 것은 어쩌면 당연한 일일 것이다. 하지만 소로우가 쓴 『월든』을 읽어 본 사람이라면 미국 여행 일정에 오대호 대신에 아마도 월든 호수를 넣을 것이다.

헨리 데이비드 소로우Henry David Thoreau는 무명의 호수 월든을, 이제는 전 세계 독자들의 영혼과 지성에 맑고 깊은 영감을 제공해주는 불멸의 호수 '월든'으로 만들어 놓았다. 미국의 오대호가 아무리 그 광대한 넓이를 자랑한다고 하더라도 소로우의 『월든』이 전 세계에 걸쳐 이루어 놓은 저 무한한 감동의 지평을 넘어서지는 못할 것이다.

나는 소로우의 『월든』을 읽어 나가면서 유려한 문장들과 만나는 기쁨을 맛볼 수 있었다. 그의 글은 거침이 없으면서도 부드러우며, 동서양 고전을 넘나드는 인용에도 불구하고 현학적이지 않다. 통렬한 비판 속에서도 웃음을 자아내게 하는 위트와 유머가 보석처럼 박혀 있다. 또한 월든 호수와 그 호숫가 주변 숲속에서 살아가고 있는 동물과 나무들의 사계四季를 그는 너무나 생생하면서도 섬세한 필치로 그려내고 있다.

이는 소로우가 자연을 단순히 바라봄의 대상으로서가 아니라 몸으로 체험하는 대상으로 여겼다. 실제로 2년 동안 자신의 몸으로 자연을 체험했기 때문에 가능했을 것이다. 월든 호수의 깊이를 실제로 재어보고 지도를 그려보는 과학자 같은 탐구 자세는 시적인 상상력만으로 묘사할 수 없는 다양하고 생생한 표정을 월든 호수와 그 숲에서 살아가는 많은 동물과 나무에게 부여해주고 있다. 그는 시인인 동시에 과학자였다. 이 모든 것보다도 나의 마음을 움직이게 한 것은 "우리의 삶에서 진정으로 소중한 것이 무엇이며 우리는 어떻게 삶을 살아나가야 할 것인가?" 하는 다소 진부한 물음에 대하여 소로우의 『월든』은 그 어느 책보다도 진지하게 그러나 낮은 목소리로 나를 설득했다는 점이다.

이 책에는 인간의 자유를 제한하는 모든 권위와 인습과 체제에 대한 강한 비판 정신이 담겨 있다. 그에게는 웅장한 이집트 피라미드조차도 수많은 사람이 전 인생을 허비시킨 '어떤 야심만만한 멍청이의 무덤'에 불과할 뿐이라고 역설한다.

소로우가 『월든』에서 궁극적으로 말하고자 한 것은 자주적 삶에 대한 사유일 것이다. 나는 그가 제시하는 자주적 삶의 방식을 '항상 깨어 있으면서 자기 눈으로 진실을 바라보라'는 한 문장으로 요약하고 싶다.

항상 깨어 있기란 얼마나 어려운가. 자기 눈을 갖기 위해서 우리는 얼마나 많은 것들을 버려야만 하는가. 또한 진실을 정면으로 바라보기란 얼마나 두려운 일인가. 이 모든 어려움에도 불구하고 자주적 삶은 계속 추구해야 한다. 왜냐하면 우리 삶의 어두움을 밝혀줄 아침은 단지 기다린다고 해서 오는 것이 아니라 '우리가 깨어 기다릴 때만 동이 트기 때문이다. 그때야 비로소 태양은 단지 아침에 뜨는 별에 지나지 않는다'는 진실을 깨닫게 될 것이기에 꼭 한번 읽어 볼 것을 권해 드린다.

글씨를 추억하며

　누구나 학교 다니던 시절 글씨 잘 쓰는 친구들을 보면 무척 부러워했던 기억이 있을 것이다. 나 역시 예외는 아니었다. 학창 시절 글씨를 너무 어른스럽고 시원시원하게 쓴다고 해서 별명이 '대서소'라 불렸던 친구가 있었다. 그 친구 공책은 시험 때면 늘 베껴 보려는 친구들로부터 인기가 많았다. 시험이 끝나도 여전히 '대서소'의 인기는 높았으니 그것은 다름 아닌 성적표에 부모님 친필 사인을 받아와야 했기 때문으로 기억된다.

　'대서소'는 등수가 떨어진 친구 성적표 말미에 "보내주신 성적표는 잘 받아 보았습니다. 선생님의 많은 지도 편달 부탁드립니다." 하는 상투적인 문장을 대신 써주고 빵이나 콜라 같은 간식거리를 대가로 얻어먹곤 했었다. 그래도 선생님이 눈치를 채지 못할 만큼, 그 글씨는 정말 완벽하게 어른스러웠다.

　그 친구 글씨를 본 게 참 오래된 것 같다. 동창 모임의 간부를 맡은 그는 가끔 전자메일로 안부를 묻거나 모임 안내를 공지한다. '대서소 글씨'는 '굴림체'라는 컴퓨터 글씨체가 됐다. 마음에 들지 않으면 '바탕체'나 '궁서체'로 얼마든지 바꿀 수 있는 세상이 되었다.

　내가 어렸을 적에 부모님은 연필을 직접 칼로 깎아 쓰도록 훈련시켰다.

중학교에 입학해서야 비로소 샤프펜슬을 선물 받았고, 만년필 대신 촉을 갈아 끼워 잉크에 찍어 쓰는 펜을 써야 했다. 모두 글씨를 잘 쓰게끔 연습시키는 요즘으로 치면 '사교육私教育'인 셈이었다. 덜컹거리는 학교 책상 위에 잉크병을 열어 두었다가 통째로 엎어서 공책을 시커멓게 물들인 것도 그 시절 그때 이야기다.

그 덕분인지 아니면 고교 시절 좋아했던 여자 선생님의 글씨를 양껏 흉내를 냈기 때문인지 내 글씨는 '글씨가 또박또박하다'는 소릴 듣는다. 글씨는 그렇게 어떤 사람을 묘사하거나 기억하는 장치 가운데 하나였다. 요즘은 어떤가, 연필은 찾아보기 힘들고 샤프펜이 보편화되었다.

컴퓨터에 소리 없이 배달되어 날아 온 친구들의 전자메일에서 인간의 온기를 느끼게 된 건 이미 오래됐다. 그럴듯한 영상과 음악이 깔린 전자메일은 눈물샘까지 자극한다. 그러나 웬 음란 사이트의 호객성 메일에서 "귀하의 ID는 온라인상에서 구했으며 기타 어떠한 개인정보도 갖고 있지 않습니다. 허락 없이 메일을 드려 죄송합니다"라는 글을 읽을 때의 뜨악함은 어쩔 수 없다. 'Ctrl+C'와 'Ctrl+V'로 마구 복제했을 그 문구에서 "죄송하다"는 말은 "그래서 어쩔래?"로 들린다. 그저 쓴웃음만 나올 뿐이다. 글씨는 말로 할 것을 머리로 한 번 더 생각하고 가슴을 거쳐 손가락 끝에서 나오기에, 글은 정제된 의사 표현 수단이었다. 그렇기에 글에는 의미와 책임이 훨씬 더 크게 느껴진다.

한 손에 펜을 쥐고 쓰는 글보다 열 손가락을 두들겨 쓰는 글이 훨씬 많아지면서, 우리 글살이도 너무나 황폐해져 버렸다. 사랑하는 사람의 편지를 태우며 눈물짓던 과거의 풍경은 온데간데없고 삭막하기 그지없는 '삭제하시겠습니까?'라는 컴퓨터 질문에 무표정한 얼굴로 '예' 버튼을 누르는 풍경으로 바뀌었다.

  편지 주고받기를 망설이게 하는 가장 큰 요인 중 하나는 인간이 개발한 컴퓨터라는 것에는 이의가 없다. 나도 어쩔 수 없이 길들여지고 있다. 장문長文의 편지를 쓸 일이 있어 편지지를 마주했다. 끝내 새 편지지 몇 장만 망치고는 대안을 생각해냈다. 컴퓨터 화면상에 편지를 완성해놓은 뒤, 이것을 고스란히 원고지에 손으로 옮겨 적었던 기억이 새롭다. 편지 받은 사람에겐 미안한 일이지만, 그만큼 글씨 능력이 퇴화한 나로서는 최선의 선택이었다. 그래서 요즘은 틈나는 대로 원고지에 글을 쓰려고 애쓴다.

  어느새 내 오른손 중지 둘째 마디엔 굳은살이 사라졌다. 펜을 쥘 일이 점점 없어지니 앞으로도 굳은살은 큰 변화가 없을 것이다. 그 굳은살과 함께 글씨에 대해 애틋함이 점점 사라져가고 있다. '대서소' 친구 글씨가 새삼 그리워지는 날이다.

뇌와 네트워크

최근 뇌 생리학자의 책을 읽다가 흥미로운 대목을 만났다. 뇌의 신경세포는 인생의 초반부에는 '구축'에 힘을 쓰고 후반부에는 '연결'에 무게를 둔다고 한다.

사실 인간의 뇌세포와 쥐의 뇌세포는 모양이 똑같다고 한다. 단 한 개를 놓고 보았을 때, 명확히 구별하기가 어렵지만 2~3개를 놓고 보면 뚜렷하게 구별할 수 있는데 '연결' 즉 네트워크의 패턴이 다르기 때문이라고 한다.

더욱 재미있는 건 이 네트워크를 발전시키는 일은 한 가지에 집중하는 동안, 다른 자극을 받는 경우가 왕성한 형성에 도움이 된다는 이야기다. 다시 이야기하자면 집중력에 방해받는 경우 네트워크가 확장된다는 뜻이다. 참 쉬운 이야기다. 인간의 정신 역시 자연과 유사해서, 이렇게 생각하면 된다. 가령 큰물이 흘러 내려가는데, 앞에 산과 같은 저항이 나타나면 물은 무수하게 가지를 치면서 분자—네트워크—를 통해 아래로 내려가는 것과 같은 원리로 생각하면 된다.

단어를 외우면서 음악을 듣는 경우, 비록 단어를 외우는 속도와 강도는 떨어지지만 긴 눈으로 보면 뇌에 풍부한 네트워크가 형성될 수 있다. 때로는 대가족 출신의 사람이 핵가족 출신보다 마음이 따스하고, 유연하며, 여유로운 것도 그 풍부한 네트워크에 기인한다고 본다. 이 방법과 생각이 바로 각자 네트워크에 의한 것이며 개성 역시 여기서 발현한다.

네트워크가 중요한 것은, 가령 어떠한 장애에 봉착했을 때, 네트워크가 풍부한 사람은 다양한 방법과 생각을 통해 극복할 수 있다. 또한 천재나 재능이 있는 사람들이 모두 이 화려한 네트워크를 통해 생각을 창출한다. 가령 A라는 자극에 늘 B와 같은 반응을 보이는 사람은 죄송하지만 네트워크가 간단하다. 이런 사람은 서울을 가는데 언제나 고속도로만을 이용한다고 보면 틀림이 없다.

직선보다는 곡선이나 우회로를 택하고, 주류보다는 비주류에 관심이 많으며, 큰길보다는 골목길을 걷기 좋아하고, 남들이 가지 않는 길을 가는 괴짜들의 머리 안에 펼쳐진 다양한 네트워크를 가진 사람이 만든 소프트웨어를 가지고, 심플한 네트워크의 사람들이 놀기 때문이 아닐까.

결론적으로 이런 생각이 든다. 아이들이 음악을 틀어놓고 공부할 때, 슬며시 다가가서 음악을 끄지 마라. 화두 참선을 할 때, 지나치게 조용한 자리만을 고집하지 마라. 단순하게 살아야 한다고 학자나 의사들이 무슨 이론을 앞세워 이야기하고 있다. 요즘 한창 불고 있는 건강과 멍 때리기, 웰빙 문화 코드와 무관하지 않다고 본다. 이런 단순한 생활은 다원적인 생활에 익숙해진 우리에게는 쉽게 무료해지고 곧 지치게 할까 걱정 아닌 걱정도 해본다. 그래서 많은 사람이 새로운 문화와 일거리를 만들어 내고 찾아 떠나기도 하는 것 같다.

이런 끊임없는 도전과 모험, 희생들이 하나의 따뜻한 에너지로 불같이 일어났다가 생을 마치기도 하고 오래 유지하기도 한다. 바로 거미줄처럼 얽히고 설킨 다원적 구조를 지닌 네트워크의 힘이 아닐까 생각한다. 이런 구조가 적절하게 어울려 힘을 낼 때 다수의 사람들이 세상사는 맛이 이런 거구나, 하고 느끼는 것은 아닌지 그래서 때로는 복잡하게 살아볼 필요도 있다고 하는지 모르겠다.

칠
월

빨간 우체통

그리움은 노을빛인가? 우체통은 빨간색이다. 도심 한가운데 행인이 많이 다니는 보도 한쪽에 세워져 있거나, 우체국 문 앞에 짝 없이 놓여 수문장처럼 지키고 있거나, 대단위 아파트 입구에 오도카니 서 있는 빨간 우체통. 지금 내가 서 있는 이 자리와 그리운 그 누군가의 세계가 통 아래로 이어져 있을 것만 같은 '착각' 혹은 '위로'는 우체통을 바라보는 눈길을 따뜻하게 만들어 준다.

그리움이나 기다림을 적을 수만 있다면, 아무리 멀리 떨어져 있는 사람에게라도 나의 마음을 전할 수 있다는 믿음 하나만으로도 우체통은 벌써 존재의 의미를 지니고 있을 만하다. 오죽했으면 천국으로 보내는 편지까지 거기에 넣었을까. 사시사철 그 자리에 그 우체통이 서 있다는 것은 우리에게 그리움이 일상이라는 증거였으며, 아직 누군가에게 전할 사랑이 있다는 가슴 따뜻함이 스멀스멀 살아난다.

누구나 한 번쯤 가졌던, 우체통에 편지를 넣고 돌아서며 드는 불안감은 '혹시라도 우표가 떨어지지 않을까' 하는 오래전의 추억이 떠오른다. 그런 간절함은 우표를 붙일 때부터 시작된다. 우표를 붙이기 전에 우표의 뒷면을 혀로 핥으면 풀기가 살아났다. 그 풀기가 편지를 받을 내 님께 나의 마음을 붙여주는 것이다. 그러니 떨어져서는 안 되는 일이다.

"밤새 몇 번이나 썼다 지웠다 그러다 겨우 부치는 용기를 얻었어요. 뭐라고 운을 떼야 할지도 모르겠고 혹여 제 떨리는 마음을 들킬 것만 같아 수줍고 부끄러울 따름입니다. 군인 아저씨께 위문편지 써본 이후로 처음 써보는 이 편지가 왜 이렇게 쑥스러운지…"

이런 식의 연애편지가 소위 펜팔이란 이름으로 왕래하던 시절을 기억하는지 모르겠다. 그 시절 학생 잡지 부록엔 늘 펜팔을 구하는 사람들의 사진과 명단이 실렸고 그걸 통해 사귐이 이루어지는 경우가 종종 있었다. 토머스나 피터, 존이나 헬렌 같은 외국인 친구 이름도 보였다. 연애편지 말고도 편지는 있었다. 서울로 유학 간 아들딸들이 용돈이 떨어지거나 하면 편지를 보내왔다. 가족들 사이에도 편지 왕래는 빈번했었던 때가 있었다.

'서간문 형식'이 따로 있어서 대부분의 편지 앞머리는 비슷하게 시작했다. '아버님 전상서'로 시작되기도 하고 뜬금없이 '녹음방초 우거진~' 하며 계절 인사를 먼저 올리기도 했다. 보통은 사랑하는 사람의 이름을 먼저 올리는데 그 당시는 이름을 다 부르기보다는 이름 끝 자만 부르는 게 멋스러워 보였는지 '정록'이라 하기 보다는 그저 '록~'이라고 불러 여운을 남겼다. 상투적이지만 '그리운 록에게' 또는 '보고 싶은 록' 정도가 편지글 시작의 표준이었다.

은밀한 내용은 편지 봉투에 담겨 전달됐지만 공개해도 되는 내용이라면 엽서에 적어서 보냈다. 방송국으로 전달되는 음악 신청은 대부분 엽서를 이용했고, 눈에 띄는 엽서 신청곡이 채택될 가능성이 높아 엽서는 점차 진화하면서 점점 더 화려해지고 기발한 엽서가 배달됐다. 방송국은 그런 엽서들로 전시회를 꾸미곤 했던 시절이 있었다.

그랬던 편지와 엽서가 사라져가면서 우체통도 사라지고 있다. 3개월 동안 우편물이 하나도 없으면 그 우체통은 철거 대상이 된다고 들었다. 이젠 우체통이 초조하게 사람이 쓴 편지를 기다려야 하는 시절로 변했다. 살아남아 있을 날짜를 목에 걸고 있는 유기견 같은 운명이랄까. 기다림이 더는 미덕이 아닌 시대에 기다림 없이 우체통을 위해 편지를 써보면 어떨까. "고마워 빨간 우체통" 하고 스윽 쓰다듬어 주면서 말이다. 혹시 편지에 붙이는 우표와 엽서 값이 얼마 하는지 묻고 싶다.

사람이 문제다

요즘 지구별 곳곳에서 기상 변화로 신음하는 소리가 끊이지 않는다. 아마 중병을 앓고 있는지 터졌다 하면 그 규모가 제법 크고 피해도 엄청나다. 이 모든 것을 사람이 만든 것이 아닐까. 새삼 자업자득이라는 말이 귓전을 때린다. 예컨대 우리나라 큰 산줄기인 백두대간을 훼손하는 일, 오존층을 파괴하는 일, 산성비를 내리게 하는 일, 썩지 않는 쓰레기나 오물을 버리는 일, 석유와 석탄을 캐서 태우는 일이 모든 것은 사람들이 조금이라도 편리해지자고 만들어 냈고 그 결과가 이제야 되돌아오는 것은 아닐까 하는 두려운 마음이 든다. 만약 각자가 이런 생각을 해 본 적이 있는지 묻고 싶다. 한 사람이 일생을 살아가면서 물, 공기, 토양을 오염시키는 오염 물질량이 얼마나 되는가 말이다. 어쩌면 잊고 지내거나 생각해보지 않았을 것이다. 인터넷 블로그를 찾아보았다. 그 자료에서 매우 놀라운 사실을 찾아냈다.

"만약 한 사람이 70세를 산다고 가정했을 때 약 40톤의 물을 마시고, 8천 톤의 생활하수를 배출하며, 생활쓰레기는 하루 1킬로그램을 기준으로 평생 30톤 정도를 배출한다."고 한다면 어떻게 생각하겠는지 묻고 싶다.

현재 지구 온난화 원인이 되는 이산화탄소도 사람이 만들어낸 주요 오염물질 중의 하나다. 물론 사람이 만들어 낸 제품 중에는 상당히 많은 문

제를 지닌 것도 많다. 살충력이 뛰어나다고 자랑하며 마구 썼었던 DDT
나 BHC 같은 농약은 그 독성이 너무 강해 지금은 사용이 금지되었다. 여
기에 세척력이 좋은 비누와 합성세제가 수질 오염의 주범으로 지목되고
있는 것과 지난 60여 년간 냉매와 발포제로 널리 사용되었던 프레온 가
스도 오존층 파괴 원인 물질로 밝혀져 충격을 더 해주고 있다. 이 프레온
가스는 1928년 미국의 토머스 미즈리에 의해 발견됐고 노벨 화학상까지
받았다. 인체에 독성이 없고 불연성을 지닌 이상적인 화합물이어서 한때
'꿈의 물질'이라고 불렸다. 하지만 이 가스가 대기 중에 올라가면 지구의
기류에 의해 남극에 모여 점차 퍼져나가 오존층을 파괴함으로써 자외선
을 막지 못해 기상에 이상을 초래, 피부암을 일으킬 가능성이 있는 것으
로 알려지게 된 것은 오래되지 않았다.

슈퍼컴퓨터를 이용한 기후 예측 모델에 따르면, 대기 중의 탄산가스 농
도가 현재와 같은 추세로 증가할 경우, 2030년경에는 지구의 평균 기온
이 2~5도 오르고, 그 결과로 해수면이 50~60센티미터 상승할 것으로
과학자들은 예측하고 있다.

이러한 지구 환경의 위기에 대비하여 1992년 6월, 브라질 리우에서 개
최된 환경과 개발에 관한 유엔 회의에서는 '환경적으로 건전하고 지속 가
능한 발달ESSD Envi-ronmentally Sound and Sustainable Development만이 인류
가 나아가야 할 방향임을 천명하게 되었다. 앞으로 성장 위주의 개발 정
책은 국제 사회에서 용납되지 않을 것이며 '환경 보전과 조화를 이루는
개발' 즉 환경적으로 건전하고 지속 가능한 발달의 실현이 21세기에 인
류가 추구해야 할 과제로 부각되었다.

또 다른 예를 들면 사람이 만든 플라스틱과 비닐이 썩지 않아 커다란 고민거리로 등장했으며 지금 백두대간은 중병과 몸살로 신음하고 있다. 환경단체에서 조사한 자료나 신문에서도 백두대간은 확실하게 그 대간 줄기가 훼손되고 있음을 알리고 보존해야 한다고 목소리를 높이고 있다. 특히 강원도 지역의 시멘트 공장들이 석회석 원료 확보를 위해 산자락을 파헤치고 곳곳에 골프장을 건설하고 채석용 석산을 개발하기 위해 하얗게 등짝을 내보이고 있는 것을 볼 때 과연 우리가 지켜야 할 일이 무엇인지 곰곰이 생각해 볼 일이다. 역시 사람이 문제다.

분노하는 자연

지난해 여름은 참으로 유별났다. 열파熱波의 기습을 받은 동해안 기온은 인간의 체온보다 뜨거웠고 열대야 현상이 다른 해보다 더 오래 지속되었다. 그리고 비가 자주 내렸다. 다행히 큰 태풍은 모두 비껴갔지만, 기상청 감시망을 뚫고 다가와 느닷없이 장대비를 쏟아 붓고 사라지는 게릴라성 국지성 폭우가 종종 발생했다. 이처럼 인간에 대한 자연의 습격은 점점 예측하기 어려워지고 천기天氣에 관한 '최고·최다·최저' 기록들이 양산되면서 갈수록 여름 나기가 힘들어졌다.

왜 자연은 갈수록 사나워지는가? 그것은 인간의 끝없는 욕심 때문이 아닐까 싶다. 쾌적한 생활, 더 높은 생활수준을 위해 인간들은 자연을 파괴하고 환경을 가공한다. 가령 에어컨은 인간에게는 이기利器일지 몰라도 풀, 나무, 동물들에게는 열을 뿜어내는 괴물 같은 존재이다. 사무실도 차 안도 집안도 모두 열을 빼낸다. 나와 우리만을 위해 배출되는 열기는 사방으로 흩어져 우리 주변을 달군다. 결국 지구라는 거대한 생명체가 더위를 먹게 되고 가쁜 숨을 내쉰다. 환경문제는 이렇듯 개개인의 사소한 행위들이 수없이 겹쳐 생겨난다.

인간은 영악해지는 만큼 점점 나약해지고 있다. 참을성이 현저하게 떨어지고 점점 거칠어지는 자연 속에서 보조기구 없이는 살아가기 힘들어졌다. 그래서 더 편한 것들을 만들어내는지 모른다. 뜨거워진 지구에 살기 위해서는 더 강력한 냉방장치가 필요하다. 이건 분명 악순환이다. 자연과의 불화는 자연 재앙이라는 거대한 부메랑으로 되돌아온다. 온실효과에 의한 기온상승, 열대우림과 숲의 벌목으로 일어나는 생태계 파괴, 방사성 폐기물이나 생활쓰레기에 오염된 물과 흙, 화학물질의 대량 살포로 일어나는 오존층 파괴, 환경호르몬 남용으로 벌어지는 성性의 교란 등은 모두 인간만이 편히 살겠다는 이기심에서 비롯되었다 볼 수 있다.

지난해는 지구 온도가 기온을 측정한 이래 가장 무더운 한 해로 기록되었다. 자료에 의하면 영국기상청은 상반기에 북반구는 무려 섭씨 0.73도가 치솟아 평균 15.73도를 기록했다고 한다. 과거 지구 온도의 일관된 변화 속도가 평균 1,000년 동안 1도에 불과했다는 사실에 비춰보면 경악할 만한 수치다. 또한 엘니뇨가 다시 꿈틀거린다고 한다. 페루 앞바다에서 일어나 지구의 정상적 순환 패턴을 파괴하는 엘니뇨, 우리는 엄청난 그 힘만을 알 뿐 실체는 눈으로 볼 수가 없다. 불길할 뿐이다.

칼 세이건이 쓴 『창백한 푸른 점』이란 책에서 "우리는 우리 행성을 살기에 알맞은 상태로, 수백 수천 년에 걸쳐서가 아니라 시급하게 수십 년 아니 수년 내로 회복시켜야 한다. 이 일에는 정부, 산업, 윤리, 경제, 종교 등 여러 면의 변화가 수반되어야 한다. 우리는 여태까지 이런 일을 해본 적이, 전 지구적 규모로는 더더구나 없다. 이것은 우리에게 너무 어려운 일인지도 모른다. 위험한 기술이 너무 널리 보급되었고, 부패가 너무나 골고루 퍼졌고, 너무나 많은 지도자가 장기적이기보다는 단기적인 사업에만 몰두하고 있는지도 모른다. 인종, 국가들, 여러 이데올로기 사이의 분쟁이 너무 많아서 지구적 규모의 올바른 변혁이 이루어지기 힘든 것인지도 모른다."라고 날카롭게 지적하고 있다.

　무절제하게 석탄을 태우면 스모그가 발생하고 무분별한 산림 벌채는 토양 침식과 함께 홍수를 유발한다는 것은 이제 상식이 되었다. 인류는 지난 세기 체험적 교훈을 얻었다. 하지만 21세기 환경문제는 어떤 특정 지역에 국한되지 않고 전 세계적인 현상으로 나타나고 있다. 단 한 번의 시행착오도 인류 공통의 재앙이 될 수 있다. 우리가 우리의 삶을 거슬러 다시 살 수 없듯이 지구에서 생명붙이의 절멸도 되돌릴 수는 없다. 더 이상 지구를 거대한 실험실로 착각해서는 안 된다. 그것은 돌이킬 수 없기 때문이다. 생물학자 폴 에를리히는 "자연의 법칙에 대한 무지에는 용서가 없다" 했고, 시인 신대철은 그의 시 '무인도'에서 "인간을 만나고 온 바다/물거품 버릴 데를 찾아 무인도로 가고 있다"고 말했다. 가슴 깊이 새겨 둘만한 말이다.

청산은 나를 보고

산은 만물을 낳는 어머니이고 만물이 없는 산은 어머니가 아니다. 만물이 있는 산에 들어가면 어머니의 품처럼 아늑하지만, 만물이 없는 산에 들어가면 불안하다. 그래서 산의 상태를 보면 그 지역 사람은 물론 한 국가의 미래까지 알 수 있다. 어떤 산에 사느냐에 따라 사람의 모습이 다르다. 인간은 산의 모습을 닮기 때문이다. 인간이 산의 모습을 닮는다는 것은 그 산에 살고 있는 생명체와 닮는다는 뜻이다. 산속에 사는 생명체는 땅을 닮는다. 땅은 하늘을 닮고, 하늘은 도를 닮고, 도는 자연을 닮는다. 그래서 인간은 자연을 닮고서야 살아갈 수 있다. 자연을 닮지 않는 자, 자연에서 벗어나려는 자는 살아남을 수 없다. 한여름 푸른 산은 인간의 마음을 편안하게 만든다. 인간은 산에 들어갔을 때 가장 편안하다. 그 이유는 푸른 산이 인간의 마음까지 푸르게 만들기 때문이다. 인간이 푸른색에서 편안함을 느끼는 것은 지금까지 자연을 닮으면서 살아왔기 때문이다.

얼마 전 영덕에 다녀왔다. 영덕에는 고려시대 목은 이색1328~1396, 대한제국 말 신돌석 장군1878~1908 등 유명한 인물이 많지만 나옹1262~1342은 이 지역이 낳은 고승이다. 그는 지공·무학과 함께 삼대화상三大和尙으로 꼽힐 만큼 한국 불교사의 고승이다. 그는 고려 공민왕 때 왕사王師를 지냈으며, 우왕의 명을 받고 밀양 영원사로 가다가 경기도 여주 신륵사에서 죽었다. 이색은 고향의 선배를 위해 글을 지었다.

경북 영덕군 창수면 신기리에서 태어난 나옹은 출가하면서 지팡이를 꽂아놓았다. 그가 꽂은 지팡이는 반송盤松으로 자랐지만 1965년 반송은 죽어버렸다. 지금은 다시 심은 소나무가 살고 있다. 이처럼 나옹 왕사가 꽂은 지팡이가 나무로 살아났다는 전설은 용문사 은행나무를 비롯해 경남 합천 해인사 '고운 최치원의 지팡이나무' 등에서도 확인할 수 있다. 나무에 얽힌 이런 전설은 주인공의 위대성을 보여주는 상징이다.

한국사람 중 불교 신자가 아니면 나옹 왕사를 잘 알지 못하지만 "청산은 나를 보고 말없이 살라하고/창공은 나를 보고 티 없이 살라하네/탐욕도 벗어놓고 성냄도 벗어놓고/물같이 바람같이 살다가 가라하네"라는 시를 아는 사람은 많지만 이 시가 나옹 왕사 작품이라는 것을 아는 사람은 많지 않다. 나는 이 시 가운데 '청산과 창공'이란 단어를 특히 좋아한다. 나옹 왕사는 청산을 통해 말없이 사는 법을, 창공을 통해 티 없이 사는 법을 배웠다. 청산은 푸른 산이고, 창공도 푸른 하늘이다. 결국 나옹 왕사는 푸른 산과 푸른 하늘을 통해 삶의 방법을 터득했다.

산이 푸른 것은 나무 때문이고 나무가 푸른 것은 푸른 하늘을 닮았기 때문이다. 푸른 산은 왜 인간에게 말없이 살라고 할까. 말없이 어떻게 살 수 있을까. 그런데 문자를 세우지 않는 선종禪宗에서는 왜 문자로 말하는가. 말은 의미를 가질 때만 진정한 말이다. 푸른 산은 말을 하지 않지만 몸으로 삶의 과정을 보여준다. 인간은 수없이 많은 말을 하지만 의미 있는 말은 거의 하지 않는다. 푸른 산은 묵언을 통해 다른 생명체의 모델이 되지만, 인간은 말을 통해 분쟁을 생성한다. 세상의 분쟁은 대부분 인간의 말에서 출발한다. 그러나 인간의 지껄이는 소리는 산에 살고 있는 나뭇잎 하나 푸르게 하지 못한다.

하늘이 푸른 것은 맑기 때문이다. 나무는 맑은 하늘을 담는다. 인간의 마음도 처음부터 푸른 하늘처럼 맑다. 푸른 하늘처럼 인간은 처음부터 맑은 마음을 갖고 있다는 것을 깨닫는 것이야말로 공부의 핵심이다. 그래서 푸른 산과 푸른 하늘은 곧 인간의 마음이다. 모든 사람이 나무를 싫어하지 않는 것은 나무가 곧 자신이기 때문이다.

내 안의 감옥

  조계종이 공개한 수행자 생활 규범 '승가청규僧伽淸規' 초안을 보면 '아파트나 단독주택 형태의 토굴을 소유하거나 거주하지 않는다'는 대목이 유독 눈에 띈다. 스님들 사적 수행 공간인 '토굴'은 원래 산속에 허름하게 지은 공간이나 동굴을 뜻한다. 산업화 이후 일반 주거지역에 수양과 기도 공간인 '토굴'을 얻어 지내는 스님이 많아지자 조계종에서 '토굴'이란 명칭을 빌려 호화주택에 살면 안 된다는 규정을 만든 것이다.

  이 같은 토굴 외에 성찰과 수양을 위한 공간으로 고뇌와 침묵의 공간인 '감옥'을 빼놓을 수 없다. 대하소설 『태백산맥』과 『아리랑』의 작가 조정래 소설가는 자신의 처지를 늘 '글 감옥'이라 정의했다. 사실 '감옥'을 말할 때 6년 옥살이와 55차례 연금으로 갇혀 살았던 김대중 전 대통령을 떠올리는 이도 많을 것이다. 김 전 대통령은 사형선고를 받고 감옥에 갇혔던 1980~1982년 가족들에게 쓴 편지를 모아 1984년 『김대중 옥중서신』을 펴냈다. 20년 가까이 수감생활을 통해 『감옥으로 부터의 사색』을 펴낸 신영복 성공회대 석좌교수, 27년 동안 옥에 갇혔던 넬슨 만델라 전 남아프리카공화국 대통령도 빼놓을 수 없다.

  강원도 홍천군 남면 남노일로에 비영리법인 행복공장 수련원 '빈 숲'이 운영하는 '내 안의 감옥'이 있다. 행복공장은 2010년부터 '감옥' 같은 공간에서 프리즌 스테이Prison Stay 형식의 '내 안의 감옥'을 시범 운영해왔고 감옥 형태와 흡사한 명상수련원을 마련했다. '내 안의 감옥' 프로그램은 기존의 교도소 체험행사와는 차원이 다르다. 매달 한 차례 4박 5일 일정으로 일반 참가자를 받는다. 일반 참가자들은 6제곱미터 규모인 32개 독방에 각각 '투옥'된 채 자신의 지나온 여정을 돌아본다. 관리인이 방 밖에서 자물쇠로 잠가버리면 정해진 시간 외에 밖으로 나올 수 없는 감금 상태가 된다. 참가자들은 자신이 잠그고 살아온 시간을 돌아본 후 스스로에게 판결을 내리며 잊혀진 자유를 찾는다고 한다. 불교에서 스님들 수행의 일환으로 참여하는 무문관無門關과 같다고 보면 된다.

일반인보다 정치인·기업인·공무원 등 사회 리더들이 '내 안의 감옥'에 갇혀보는 건 어떨까 싶다. 누군가에 의해 갇히지 않더라도 한 번쯤 멈춰서 '비움과 성찰'의 감옥을 만들고 나를 만나러 가는 여정을 상상해보자. 스스로 감옥에 갇혀 하루하루 경쟁적으로 사는 현대인들의 목적지는 어디일까. 여전히 풀 수 없는 숙제지만 그 숙제를 푸는 것은 개인 각자의 몫이다. 잠시 '내 안의 감옥'에 갇혀 지내고 싶다.

팔
월

폭염과 입추

8월은 잘 열었는지요. 7일은 가을이 시작된다는 입추立秋로 24절기 중 열세 번째인데 보름씩 앞뒤로 대서大暑와 처서處暑를 두고 있습니다. 대서 즈음에는 '더위 때문에 염소 뿔이 녹는다'는 속담이 있을 정도로 폭염이 기승을 부립니다. '모기도 처서가 지나면 입이 삐뚤어진다'는 옛말은 선선해진 날씨로 극성이던 모기도 약해지는 현상을 말합니다. 그러니 전국 대부분 지역에 제아무리 폭염 특보가 내려졌어도 입추가 지나면서 더위는 무릎을 꿇을 수밖에 없습니다.

미국 캘리포니아 주와 네바다 주에 걸쳐 있는 모하비 사막에 있는 죽음의 계곡 '데스밸리Death Valley'을 다녀왔던 적이 있습니다. 여름철인 6~8월에는 평균 낮 기온이 섭씨 40~46도로 이 시기에는 관광객이 잘 가지 않습니다. 섭씨 57도까지 올라갔다는 공식 기록이 있습니다.

국립공원 방문자 센터에는 지도와 함께 '데스밸리에서 살아남는 방법'이라든지, 되도록 힘이 좋은 4륜 구동형 차를 타고 갈 것을 권유하는 '경고성' 안내문을 내줍니다. 조난자들도 가끔 발생하는 지구상에서 꼽아주는 극한 지역이기도 합니다. 이런 곳도 1~2월에는 낮 기온이 평균 섭씨 20도 밑으로 떨어집니다. 이곳의 동식물도 폭염을 견디면 달콤한 계절을 맞을 수 있겠지요. 타오르는 폭염은 강인함, 단련, 인내, 결실과 같은 단어가 생각납니다. 폭염을 참아내면 그 이후 무엇이 기대된다고나 할까요.

설립된 지 오래되지 않은 신생 벤처기업을 뜻하는 스타트업start-up 분야에서도 데스밸리라는 표현을 씁니다. 창업 후 3~5년쯤 사이에 마케팅·경영 능력이나 자금이 부족해 겪는 위험시기를 뜻한다고 하더군요. 미국 실리콘밸리에서 생겨난 용어인데 이 시기를 못 넘기고 망하는 벤처들이 많은 데서 유래했다고 합니다. 한국 스타트업의 데스밸리 생존율은 41%로, 미국은 57.6%, 호주가 62.8% 등 주요 국가보다도 현저히 낮다고 하네요. 폭염을 견뎌내지 못한 것이지요.

'입추 때 벼 자라는 소리에 개가 짖는다'는 속담이 있습니다. 개가 짖을 정도로 벼가 소리를 내며 빠르게 자란다는 과장된 표현입니다. 강인하게 인내한 자의 결실을 지칭하는 표현인 것 같습니다. 가뭄과 폭염을 이겨낸 모두에게 수고했다 전해주고 싶습니다. 장마가 지나간 다음 주부터는 아침저녁으로 선선하고 간간이 가을비도 내린다고 하네요. 말복이 남아있지만, 저 먼 남녘에서 가을을 몰고 온다는 희망으로 이 여름 잘 건너갔으면 좋겠습니다.

노동과 백중날

백중百中은 음력 7월 15일로 백종일百種日, 망혼일亡魂日, 중원中元이라고
도 한다. 옛날부터 백중날에는 남녀가 모여 온갖 음식을 갖추어 놓고 노래
부르고 춤추며 즐겁게 놀았다. 지방에 따라서 씨름대회나 장치기手傳 같은
놀이로 내기도 한다. 승려들은 이날 각 사찰에서 제齋를 올린다.

이날을 머슴 날이라 부르며 농가에서는 호미를 씻어둔다고 해서 호미
씻기 날이라고 한다. 예전에는 머슴들이 7월 보름 경 용龍 날을 택하여 지
주들이 마련해준 술과 음식으로 하루를 흥겹게 즐긴 데에서 비롯되었다.
경상남도 밀양지방 백중놀이가 유명하고 이와 비슷한 놀이로 중부이남
지방에 널리 퍼진 호미 씻기가 있다.

이 두 가지는 모두 7월 보름 무렵 벼농사 중 가장 힘든 논매기가 끝났
기 때문에 이를 자축하며 쉬는 행사라 할 수 있다. 7월 백중을 '머슴 생
일'이라 불렀던 것도 이 때문이다. 이날은 머슴들끼리 씨름과 들돌들기로
힘을 겨뤄서 그 해 최고의 머슴을 가렸다. 장원에 뽑힌 사람은 버드나무
로 삿갓을 만들어 거꾸로 쓰고 도롱이를 입은 채 소와 작두 말을 타고 한
바탕 신명나게 놀았다. 농촌에서는 백중날 전후해 시장이 섰는데, 이를
백중장百中場이라고 했다. 머슴을 둔 집에서는 이날 하루를 쉬게 하며 취
흥에 젖게 한다. 또 그해에 농사를 잘 지은 집 머슴을 소에 태우거나 가마

에 태워 위로하기도 한다.

  지방에 따라서 백중날에 차례를 지내기도 하는데 산소에 벌초하고 성
묘도 한다. 일손을 잠시 놓고 쉬며 노는 날이지만 제주도에서는 바다 일
을 더 많이 한다. 백중날에 살찐 해물이 더 많이 잡힌다고 믿었기 때문이
다. 백중이라는 말은 백종百種 즉 여러 가지 음식을 갖춘다는 뜻에서 유래
한 것 같다.

  신라와 고려시대에는 우란분회盂蘭盆會를 열어 속인들도 공양을 했으
나, 조선시대에는 주로 승려들만의 행사가 되었다. 참고로 우란분회는
인도 농경사회에서 흔히 볼 수 있는 조상 숭배의 한 형태로 우란분于蘭盆
은 도현倒懸, 즉 '거꾸로 매달리다'라는 의미의 산스크리트어 오람바나
ullamana에서 나온 말인데 아바람바나avalamana가 전화轉化하여 생긴 말이
다. 즉 자손이 끊겨 공양 받지 못하는 사자死者의 혼魂은 나쁜 곳에 떨어
져 거꾸로 매달리는 고통을 받는다고 하는데 이들 혼에 음식을 바쳐 괴
로워하는 혼을 구한다는 예로부터의 민간신앙이 불교와 습합習合한 것이
다. 여름 수행修行 마치는 날인 음력 7월 15일 자자自恣의 날에 행하는 공
양회供養會와 결부된 듯하다. 일반에게 널리 알려진 목련目連이 아귀도餓鬼
道에 빠져 있던 생모의 영혼을 위해 불타에게 구제를 청했다는 전설을 기
록한 우란분경于蘭盆經은 인도에서 나온 것인지 확실하지 않다. 중국에서
는 538년 양 무제 대동 4년에 동태사同泰寺에 처음으로 우란분재于蘭盆齋
를 마련했다고 전해지며, 그 후 당나라 초기에는 제법 유행하였다.

  따라서 백중은 과거의 노동절이라 볼 수도 있다. 그 당시 99%가 노동

자 신분이라고 보면 더위를 식히고 가을걷이를 잘해보려는 민속 명절로 해석할 수 있다. 하지만 농민이 줄고 상인계급이 늘어나면서 다양한 의미로 해석되고 형태도 변한 것 같다. 현대적 가치관으로 볼 때 노동자가 머슴이란 인식은 무리임으로 백중의 의미는 예전보다 축소되었다. 요즘은 목련존자 전설에 따라 돌아가신 어머니를 생각하는 날쯤으로 생각하는 것이 편하다. 백중날 고된 노동을 참고 우리를 번성케 하신 어머니 조상께 차례를 올리고 과거를 통해 미래를 보는 것도 좋을 것 같다. 아니면 이른 봄에 수확한 차나 한잔하면서 지난至難했던 시간을 되돌아보고 풍성한 가을을 맞이할 준비를 하거나 풍류를 즐겨보는 것은 어떨까. 노동의 진정한 의미가 뭔지, 우리들의 행복지수가 뭔지도 생각하면서 말이다.

땅속의 물감 창고

여전히 더위가 기승을 부리는 8월입니다. 햇빛을 톡톡 튀겨내는 초목의 초록 잎새 물감들이 시나브로 녹아내려 그런가요. 한철 농사가 시작된 지가 엊그제 같은데 논배미 볏대궁은 마지막 힘을 쓰고 있고, 초록 세상은 산영山影으로 잠겨 있습니다. 8월을 보내야 하는 이 땅의 산야山野는 말 그대로 진초록 바다입니다. 차창을 스치는 바람도 초록색이 묻어나는 듯합니다. 어둡고 무겁고 축축한 곳이 지하인 줄 알았던, 지금도 그렇지만 땅속을 그려낸 많은 묘사 중 밝은 이미지는 하나도 없습니다. 그런 느낌은 동. 서양이나 똑같습니다. 죄 많은 영혼이 혹독한 형벌을 받는 지옥地獄이라는 게 땅속의 감옥을 말하는 것은 아닌지 모르겠습니다.

사랑이 슬픈 건지 잘 모르겠지만 그런 감정을 시詩로 승화시킨 작품은 많이 있습니다. 그 가운데 지고지순至高至順한 문학작품으로 이끌었던 단테의 『신곡神曲』이 생각납니다. 지옥보다는 조금 낫다는 개념으로 연옥煉獄을 창조해냈고 연옥보다 나은 천당天堂을 만들었습니다. 물론 연옥도 땅속에 있다고 했지만 나는 그 말들을 믿지 않습니다. 뜨거운 여름 한 철을 보내며 오히려 땅 속은 생명의 근원이 깊이 자리 잡고 다시 시작하는 꿈을 꾸고 있지 않을까 하는 생각이 듭니다.

돌아보면 4월부터 8월까지는 색깔의 잔치입니다. 집안 여기저기 피어난 노란 개나리, 붉은 진달래, 하얀 목련, 분홍 벚꽃, 보랏빛 제비꽃, 담홍색 금낭화, 능소화며 산에는 야생화들이 앞을 다투어 피어나기 시작합니다. 색을 잘 구별하지 못하지만 전문가인 화가들도 식별할 수 없는 한계치를 넘어 꽃은 색의 잔치를 펼칩니다.

그 색들이 바로 땅속에 숨어 있었다가 그것들을 피우기 위해 뿌리를 내리고 있는 곳이 바로 땅속이라는 걸 왜 생각해내지 못했는지 스스로 자문해봅니다. 그러니까 그 색깔의 근원이 땅속이라고 해도 별 반 다름이 아니겠습니다. 땅속 어디에 이런 물감 창고들을 숨겨 놓았을까요. 그리고 초목들은 어떻게 자기들의 색깔만을 골라 땅속의 물감을 길어 올렸을까 생각만 해도 기적이 일어난 것이 아닐까 느껴집니다.

화무십일홍花無十日紅이라더니 그 아름답던 꽃은 지고 이제 세상은 진녹색 화엄의 바다로 절정입니다. 갑자기, 초록은 분명히 꽃보다 아름다운 색이구나 하는 생각이 듭니다. 그런 짧은 생각에 항의라도 하듯 몇몇 여름 꽃들이 여기저기서 꽃을 피워 올리며 점처럼 녹색 바다에 둥둥 떠 있습니다.

문득 우리가 그 초록 바다를 힘차게 가르며 유영하고 있는 물고기가 아닐까 생각해봅니다. 이맘때면 신화神話의 땅 동해구東海口를 찾아갑니다. 토함산이나 오래전부터 차나무를 재배해 이름난 샘물이 있다는 기림사 함월산 줄기에서 흘러내린 맑은 물이 모여 대종천大鐘川을 이룹니다. 그 냇물이 바다와 만나는 곳이 바로 동해구입니다. 대종천변에서 감은사 삼층 석탑과 이견대를 마주 보는 그늘에 서서 녹색 화엄 세상을 봅니다. 천국과 극락이 있다면 이런 모습이 아닐까요. 융단을 깔아 놓은 듯 녹색의 물결은 산등성이로 이어지고 바다는 가뭇하게 수평선으로 이어집니다. 이제 8월이 지나고 나면 초록은 조금씩 삶을 정리하며 이 들녘에서 물러날 것입니다. 제철 만난 은어가 동해구를 거슬러 오르듯 초록 바다를 거슬러 저도 이곳에 다시 오겠습니다. 그리하여 살아 있음에 온전하게 감사하고 기뻐했던 8월을 보낼 것입니다. 차디찬 땅속에서 자기들의 색깔만을 골라 깊이 간직한 채 신비로운 물감을 끈끈하게 길어 올려, 피고 지는 초목들이 보여준 적멸寂滅이라는 단어를 배우고 온 하루였습니다. 한 번쯤 여름의 속을 들여다보시길 바랍니다. 조금씩 가을 냄새가 나는 것 같지 않으신지요.

핸드메이드 라이프

나이가 들수록 제 손으로 무언가를 만들어내는 사람들이 많아지고 그런 모습을 보면 은근히 시샘하게 된다. 가구나 옷 같은 것들을 스스로 만들어 쓰는 '핸드메이드 라이프'를 사는 사람들 말이다.

몇 해 전 라오스를 여행할 때 나는 여러 가지 이유로 라오스 사람들의 삶에 반했다. 그중 하나는 그들이 자신의 힘으로 무언가를 만들어내는 삶을 아직도 유지하고 있다는 점이었다. 여자들은 자신이 입을 옷을 손수 짰고, 도끼를 들고 직접 나무를 팼다. 성인 남자라면 누구나 집을 지을 줄 알고, 활로 동물을 잡았다. 남자들은 키가 작았지만 당당하고 힘이 좋아 보였다. 여자들은 피부가 거칠었지만 잘 웃고 생기가 넘쳤다. 그보다 더 놀라운 점은 그들이 그 모든 일을 신명나게 해낸다는 거였다.

놀이와 노동이 분리되지 않은 삶이 그곳에 있었다. 어떤 일을 하는 데 있어서 아마추어와 프로가 구별되지 않는 곳이기도 했다. 느긋하게 힘을 뺀 자세로, 서툴면 서툰 대로, 완벽해야 한다는 부담도 없이 무엇이든 직접 해내는 사람들이었다. 일상의 거의 모든 부분에서 전문가가 만든 공산품을 돈으로 사서 삶을 살고 있는 대부분 사람들은 그 모습을 보고 그게 참 신기하고 부러웠다.

서울에서 한 달에 한 번 '마르쉐marché' 즉 '핸드메이드 라이프'를 살고자 하는 아마추어들 장터 이야기를 SNS Social Network Service에서 만난 적이 있다. 남산에서 잣을 따고 옥상에서 바질을 키워 페스토를 만들어 파는 영어 강사, 공방에서 직접 만든 도마와 접시를 들고 나오는 사진가, 도시 한 귀퉁이에 텃밭을 일궈 키운 작물로 효소를 만들어 판매하는 직장 여성, 취미로 뜬 모자나 수세미를 선보이는 20대 남성 등등. 대부분 전업 요리사도 전업 목수도 전업 농부도 아니었다. 그곳에 나오는 사람들은 번듯한 자격증 같은 것은 없다고 했다. 인도식 짜이, 브라질 국민 칵테일 카이피리냐, 프랑스 겨울 음료 뱅쇼처럼 그들이 만들어 파는 음료는 모두 여행지에서 어깨너머로 배운 것들이라고 했다. 하지만 그들은 부끄럼 없이 기꺼이 자신의 솜씨를 드러낸다. 새로운 실험과 도전에 용감할 수 있다는 것이 아마추어의 장점이 아닐까 싶다. 남이 만들어 놓은 것을 소비만 하는 삶에서 잠시 벗어나 스스로 창조하는 기쁨을 온전히 누리는 것 같다. 잘 팔리면 좋지만 잘 팔리지 않아도 괜찮다. 직접 만든 무언가를 들고 장터에 나왔다는 것만으로 뿌듯하고, 스스로 물건의 가격을 정하는 낯선 경험도 설레기 때문이다.

인간이 정서적으로나 지적으로 충분히 성장하기 위해서는 손을 쓰는 기술을 익혀야 한다고 한다. 그런데 우리의 손은 컴퓨터 자판을 누르거나, 스마트폰을 터치하거나, 사진기 셔터를 누르는 데만 집중적으로 쓰이고 있는 것 같다. 돌이켜보면 몇 십 년 전까지 일상의 많은 물건을 직접 만들어 쓰는 삶을 살았는데 말이다. 우리 사회가 흘러가는 방식에 의문을 가진 사람들이라면 우리가 당연한 것으로 믿었던 소비의 방식에도 반기를 드는 것이 자연스럽지 않을까.

헨리 데이비드 소로우가 "소박한 삶의 기본 원칙 가운데 하나는 불필요한 것들을 소비하기 위해 돈을 버는 대신, 꼭 필요한 것들을 구하기 위해 일하는 것"이라고 했다. 그렇게 조금 덜 일 하고, 나머지 시간에는 저마다의 취향을 살려 직접 만들어 쓰는 일상을 산다면 얼마나 좋을까. 개성도 없고, 가격이 일방적으로 정해진 공산품을 버리고 스스로 디자인하고 만드는 물건이라니 상상만으로 근사하다. '핸드메이드 라이프'를 산다는 것은 시간의 주인으로 산다는 일의 은유 같기도 하다. 자신이 좋아하는 일에 온전히 몰입해본 사람은 그때 흘러가는 시간의 속도가 얼마나 다른지를 안다.

어디선가 누군가는 서툰 붓질로 그림을 그리고, 한 땀 한 땀 바늘을 놀려 목도리를 뜨고, 또 누군가는 익숙지 않은 망치질로 선반을 만들고. 그렇게 뜨거운 여름밤을 밝히는 이들이 곳곳에 있으리라. 가을이 오면 저마다 만들어낸 것을 가지고 나와 솜씨를 선보이기 위해서 더 많은 마르쉐 같은 장터가 방방곡곡에 만들어지길 희망한다.

두 발로 걷기

가장 훌륭한 시는 아직 쓰이지 않았다
가장 아름다운 노래는 아직 불리지 않았다
최고의 날들은 아직 살지 않은 날들
가장 넓은 바다는 아직 항해 되지 않았고
가장 먼 여행은 아직 끝나지 않았다
불멸의 춤은 아직 추어지지 않았으며
가장 빛나는 별은 아직 발견되지 않은 별
무엇을 해야 할지 더는 알 수 없을 때
그때 비로소 진정한 무엇인가를 할 수 있다
어느 길로 가야 할지 더는 알 수 없을 때
그때가 비로소 진정한 여행의 시작이다
　　- 나짐 히크메트 '진정한 여행'

　해도 해도 싫증이 나지 않는 여러 가지 가운데 대표적인 것이 바로 여행이다. 물론 같은 곳을 가고 또 가고 하는 마니아도 있겠지만 대부분 사람들은 같은 곳을 두 번 가는 것을 별로 내키지 않는 것 같다. 세상에 갈 곳이 얼마나 많은 데 간 곳을 또 간단 말인가. 가본 적 없는 곳을 가는 게 즐겁다고 한다. 부지런하게 다닌다고 하지만 여전히 안 가본 곳이 많다.

그래서 종종 방 안에 앉아 홀로 여행하기를 즐긴다. 이 여행은 워낙 값이 싼데다 날줄과 씨줄로 여행할 수 있으니 이 얼마나 황홀한 여행인가.

어제는 1907년 아일랜드 더블린 시市로 여행을 갔다. 친절하기 그지없는 현지 가이드인 제임스 조이스와 함께 말이다. 가이드는 자신의 설명이 부족하면 참고하라고 직접 쓴 가이드북까지 제공해 주었다. 제목은 『율리시스』. 거기서 세잔과 르누아르를 만났다. 이 친구들 그림은 다 그게 그거인 듯해서 썩 좋아하지 않았는데, 막상 만난 후 그림 설명을 직접 듣고 나니 그들 그림 한 점 살 돈을 갖지 못한 내가 한심하기 그지없게 느껴졌다. 물론 가이드인 존 리월드와 가이드북 『인상주의의 역사』는 필수다.

엊그제는 가이드 고故 안병희 교수 그리고 가이드북 『훈민정음 연구』와 함께 세종과 집현전 학사들을 만났다. 참 많은 여행을 했지만, 이처럼 희열을 느낀 여행은 흔치 않았다. 한글 모아쓰기, 즉 초성+중성+종성을 모아 한 글자로 만들게 된 배경 설명을 듣고 나니 온몸이 흔들렸다. "그런데 훗날 후손들이 기계화에 유리하고 알파벳처럼 쓰기 편하다고 해서 풀어쓰기를 주장하는 걸 알고는 깜짝 놀랐단다. 다행히 이제 그런 논의는 사라진 듯하지만" 말이다. 왜 한글이 세계 유일의 음소문자이면서도 모아쓰기를 했는지 여행을 통해 알고 나니 한글에 대해 막연히 세계 최고의 글자라고 외치는 따위의 값싼 애국심은 사라지고, 학문이란 것이 우리 삶을 어떻게 바꾸어놓는지도 알게 됐다.

며칠 전에는 올해 70주년을 맞이하는 한 신문을 타고 여행을 떠났다. 2021년 오늘, 옛 모습은 모두 사라져 버린 탄광 지역에서 1980년 광부와 그들의 가족들이 나서 "인간답게 살게 해 달라!"고 외치는 모습을 생생히 보았다. 그뿐인가. 신문이 창간되던 해로 거슬러 올라가면 더 환희에 찬 여행이 가능하다. 그 여행을 통해 나는 그 해가 지금, 이 순간과 맞닿아 있음을 확인할 수 있었다. 현재와 동떨어져 존재하는 시간과 공간이 없음을 깨닫게 된 것이다.

이런 여행을 떠나게 되면 늘 느끼는 것이, 가이드와 가이드북에 대한 고마움이다. 여느 가이드들과는 달리 이들은 옵션으로 들어가 있는 쇼핑센터에 가지 않아도 된다. 그래서 언제 그 나라 특산품 판매장으로 나를 안내할지, 특산품에 관심을 보이지 않을 때 내게 꽂힐 싸늘한 시선의 강도가 얼마나 될지 상상하지 않아도 된다. 대신 그들이 기록하고 증언하는 내용들이 단순히 한 여행자의 귀를 즐겁게 해 주기 위한 것이 아니라, 역사가 될 것임을 알기에 혹시라도 잘못을 저지르지나 않을까, 주관이 개입된 것은 아닐까, 끊임없이 고민하고 반성하는 모습은 나 자신을 돌아보는 기회까지 제공한다.

그러니 튼튼한 두 발은 잠시 쉬게 하고, 늘 눈과 머리만 지참한 채 날줄과 씨줄을 가로질러 여행을 떠나게 되는 것이다. 값싸고, 손쉽고, 쓸모없는 쇼핑 걱정, 옵션 관광을 걱정하지 않아도 되고, 나아가 가이드 팁이니, 유류할증료니, 바가지요금이니 하는 따위 장부에 기록되지 않은 부담 또한 절대 없으니 금상첨화다.

하지만 코로나19가 끝나면 두 발로 직접 걷는 여행을 더 많이 다녀야겠다고 다짐한다. 산다는 것은 새해 첫날 산 정상에서 새로운 햇빛을 바라보며 경건함과 소란조차 함께했던 많은 이웃과 걸음을 맞추는 것임을 깨달았기 때문이다. 홀로 지구 밖으로 뛰쳐나가고 고조선 사람들 삶 속으로 들어가는 것뿐 아니라 오늘 이 순간 나를 둘러싸고 아우성치는 이웃들과 함께 웃고, 울고, 굶주리고, 외치며 두 손 맞잡는 것임을 알았기 때문이다.

구
월

안거와 생명

'안거'라는 말을 들어 보셨을 겁니다. 안거安居는 산스크리트어 바르시카Varssika에서 나온 것으로 기후와 관련된 '비'라는 의미를 가진 바르샤Varsa에서 유래된 단어입니다. 인도에서는 4월 말부터 더위가 심해지면서 곧바로 몬순이라는 우기雨期가 시작됩니다.

시기에는 기후로 인해 이곳저곳으로 돌아다니는 행각行脚이 적합하지 못하고, 빗줄기로 인해 무럭무럭 자라나는 초목이나 곤충을 자신도 모르게 밟아 살생을 범할 수 있기에 그 기간은 동굴이나 사원에 들어앉아 좌선과 수행을 했다고 합니다.

우기의 수행을 안거, 우안거雨安居, 하안거夏安居라 하며, 우리나라에서는 중국과 함께 기후에 맞추어 동안거冬安居, 설안거雪安居도 행해졌습니다. 안거 제도는 붓다 이전 힌두교에서 행하여지고 있던 것을 불교에서 받아들인 것이라고 합니다.

불교에서는 이 기간에 눈 푸른 납자들이 생명을 걸고 붓다가 되기 위해 용맹정진을 거듭합니다. 그렇다면 우리가 이 기간 동안 해야 할 일은 무엇일까요. 비록 선방에 결가부좌로 앉아 정진은 하지 못할지언정 지켜야 할 몇 가지가 있습니다. 참선하는 스님이 계시는 절을 지날 때는 침묵을 지켜주는 것이 도리입니다. 웃고 떠들고 소리 지르는 일은 열심히 공부하는 도서실에서 소음을 만드는 것과 같은 무례입니다.

더불어 안거의 정신인 자비를 되새기는 일입니다. 커가는 풀들과 곤충을 바라보며 이 기간만이라도 자비심을 키우는 일이 필요합니다. 있는 그대로 바라보는 일, 잡초를 뽑는다든지, 나뭇가지를 추스르는 일 등이 아니라, 자연이 자연스럽게 그대로 존재하는 것을 바라보는 일이 해하지 않는 자비와 같습니다.

스님과 함께 하안거에 들었던 곤충이나 벌레 그리고 초목들도 이제 잠에서 깨어나 뜨거웠던 여름의 생생한 기운을 몸과 마음에 추스르다 보면 곧 찬 바람 불고 기온이 내려가면서 기약 없이 어디론가 숨어들어야 합니다. 그들은 내년에 다시 태어나야 할 운명을 지닌 소중한 존재들입니다. 긴 겨울이 지나고 따뜻한 훈풍이 불면서 소중한 존재들이 이 산하를 빛내거나 존재의 가치를 알리면서 아름답게 가꾸는 일을 열심히 할 것이라 믿기 때문입니다.

자연의 순리를 잘 이용하며 수행이라는 이름으로 더운 한여름을 나는 스님들의 혜안과 오랜 기간 동안 실천에 옮겨온 하안거라는 단어가 정말 맘에 듭니다. 돌아오는 음력 7월 보름날이면 하안거가 끝나게 됩니다. 환경을 생명처럼 여기며 지키려는 붓다 여러 명이 나오기를 기원해 봅니다. 그들이 산에서 나와 대중을 향해 사자후獅子吼를 토해내길 기대하며 산이나 들길을 조심스럽게 발밑을 살펴보며 걸어 다닐 것을 약속합니다.

산과 숲

어느 외국 잡지에서 읽고 밑줄 그어 놓은 구절이다.

"외국의 어느 학자가 휴가를 받아 농장으로 향했습니다. 의자를 놓고 앉아 햇살을 즐기다가 우연히 한 장면을 보게 되었습니다. 철조망에 긁힌 송아지의 상처를 어미 소가 핥아 주는 모습이었습니다. 사실 이런 장면은 누구의 눈에나 보이지만, 저것이 무슨 의미인가? 어떤 결과를 가지고 올 것인가? 묻고 탐구하는 일은 아무나 하지 않습니다."

학자는 어미 소가 핥아주는 상처와 그렇지 않은 상처 사이에서 치유 기간의 차이가 있는 것을 알아차렸고, 휴가에서 돌아와 어미 소의 타액을 연구하기 시작했다. 그가 발견한 것은 어미 소 침 속에 있는 어떤 물질, 상처 부위에 새살이 빨리 나도록 도와주고 세포를 강건하게 만들어주는 것이었으니 바로 그 유명한 성장호르몬을 최초로 발견하는 개가를 이루게 된 것이다. 그렇게 해서 발견된 성장호르몬은 왜소증에 시달리는 사람들의 열등감을 없애주고 더불어 노화 방지는 물론 의학적으로 많은 선업을 주었다.

짐승들은 몸이 아프면 숲으로 깊숙이 들어간다고 한다. 그리고는 아무 것도 먹지 않는다. 특히 인도인들은 질병을 앓게 되면 우리나라처럼 사골을 푹 끓여서 먹는 것이 아니라 금식을 권하고 있는데, 금식을 통한 몸 안의 '면역 기능 활성화와 극대화'라는 현상이 부분적으로 밝혀지고 있다. 어떤 질병은 금식이 필요하고, 어떤 질병은 충분한 영양이 요구되는지 연구가 진행되고 있다고 한다.

사람이나 동물의 기원은 지구상에서 하나이다. 우리의 이웃인 짐승들의 질병 회복과정을 보면 우리에게도 해답이 있으리라 가령 수술을 필요로 하는 질병이 아닌 경우, 다량의 항생제와 한 보따리의 약이 아닌 방법으로 자연스럽게 건강을 회복할 수 있으리라 본다.

아직도 궁금한 것은 산山 혹은 숲森이다. 건강한 산에는 건강한 동물들이 가득하고, 벌목을 거듭하며 쇠약해진 숲 안에는 질병을 앓는 짐승들이 많다는 사실은 '동물의 왕국'을 보아도 쉽게 알 수 있다. 숲에는 어떤 힘 力, 기氣, 에너지가 살아있다. 사람이나 짐승의 자궁처럼 깊숙이 들어앉았을 때 숲이 어루만져주고 치유를 도와주는 그 무엇이 있으리라 생각해보았는데 그것을 숲 혹은 산의 '치유 호르몬'이라 부르고 싶다.

치유 호르몬의 근원을 밝혀낼 수 있을까? 우리 세대에 확연히 밝혀질 수 없더라도 최소한 숲을 손상하지 않겠다는 마음가짐이 필요하다. 우리 혹은 다음 세대의 마지막 희망은 숲이나 산에서 오는 자라투스트라기에 산행하면서 산을 아끼고 보살펴야겠다. 나 역시 남은 삶을 산과 숲을 지키며 살아가겠다는 마음을 세워본다.

인생도처유상수

몇 년 전 지인으로부터 바구니를 선물 받았습니다. 바구니 속에는 일상 생활에 유용하고 건강에 좋은 각종 조그만 물건들이 정성스럽게 담겨 있었습니다. 요즘 지친 내 삶을 헤아린, 주는 이의 자상한 마음이었습니다. 마음이 내용이었다면 형식은 바구니였는데, 이 바구니 또한 마음만큼이나 정성이 들어간 것 같았습니다. 대나무를 머리카락처럼 가늘게 잘라 촘촘히 엮은 후 쪽물을 들인 마麻 보자기를 달아 내용물을 덮을 수 있게 만들었습니다. 어찌나 야무지게 만들었는지 이리 보고 저리 보아도 감탄사가 절로 나올 정도였습니다. 만든 이가 누군지 얼굴은 몰라도 솜씨가 대단한 사람의 손길이 들어간 것이 틀림없어 보였습니다.

예전 네팔을 다녀오면서 불화 두 점을 사 왔는데 이 불화를 액자로 만드는 일이 문제였습니다. 처음 주문해 액자를 해왔지만, 마음에 들지 않아 다른 색깔과 크기로 다시 제작했는데도 여전히 마음에 들지 않았습니다. 내 사정을 전해 들었던 미술 관련 일을 하시는 분이 액자 공방을 소개해 주었고, 나는 마음에 들지 않는 액자를 그 분에게 맡겼습니다. 액자를 소개해 주었던 분이 약속한 날보다 늦게 가져온 액자를 보고 깜짝 놀랐습니다. 밤을 새워 만들었다고 설명했습니다. 내가 부탁한 대로 액자 두께는 얇았지만 튼튼했고, 호두나무에 직접 색을 먹여 빛깔이 고왔습니다. 비로소 불화 작품이 돋보였습니다. 지금도 그 불화 액자를 보며 슬며시 미소를 짓곤 합니다.

'인생도처유상수人生到處有上手'라는 말이 있습니다. 유홍준 교수가 쓴
『나의 문화유산 답사기』 6권의 부제로 쓰인 말인데, 우리 삶 속에 가는
곳마다 나보다 한 수 위, 고수가 숨어있다는 뜻이랍니다. 나는 고수라고
하면 묵묵히 손을 놀려 살아가는 사람들이 떠오릅니다. 전염병이 돌건,
남들이 싸움질하건, 목소리를 내는 대신 손을 놀려 묵묵히 자기 일에 전
념하는 사람들 이들이 만들어내는 물건들은 우리의 시끄러운 삶 속에서
조용하고 강하며 아름답습니다. 그래서 모 방송국 〈달인〉이라는 프로그
램에 관심이 갔는지 모르겠습니다.

요즘 가뭄으로 인해 많은 농작물 피해는 물론 먹거리 문제까지 나오는
심각한 상황인데 지구별이 몹시 아프기는 아픈 가 봅니다. 지구별을 치료
해 줄 수 있는 〈달인〉 의사와 비를 만드는 〈달인〉을 구하는 구인 광고라
도 내야 할까 봅니다. 제발 비라도 내려달라고 마음 담아 빌어보고 싶습
니다.

책과 생존의 무게

책을 한 번쯤 내본 분들은 공감할 것이라 생각됩니다. 책의 출간을 기다리는 저자의 심정은 약속 시간에 늦으면서도 연락조차 없는 짝사랑하는 연인을 기다리는 심정을 넘어 아이의 출산을 기다리는 부모의 마음에 비교할 수 있을지 모르겠습니다. 정말 억지로 쥐어짜다시피 쓴 책도 있을 것이고, 따뜻한 봄날 즐거운 산책과도 같은 기분으로 쓴 책도 있을 것입니다. 자기가 쓴 책에 대한 애정이야 우열은 없을 것입니다. '열 손가락 물어도 안 아픈 손가락 없다'는 말을 이럴 때 쓰고 싶습니다.

책을 발간하다 보면 출간이 늦어지는 경우가 있습니다. 여행 산문집을 출간할 때 일입니다. 기한을 넘기나보다, 아니 곧 나오겠지 등등 별 생각에 설레고 있을 때 출판사에서 전화가 왔습니다. 이런저런 사무적 대화 마지막에 "요즘 책이 워낙 안 팔려서 1,000부만 찍습니다"라는 이야기를 듣자, 요즘 유행하는 말로 멘붕이 왔습니다. 10년 전 첫 책을 낼 때만 해도 초판이 3,000부였다고 했더니, '웬 구석기시대 이야기'를 하느냐는 반응이었습니다. "요즘 잘 나가는 소설가 책도 2,000부 정도 나간다니까요"라는 말에 할 말을 잃었습니다. 인기 작가의 수요가 확 줄었다는데 나 같은 미생이야 더 할 말이 없었습니다.

그래도 궁금했습니다. 독자 수가 몇 년 만에 반 토막 정도가 아니라 반

토막의 반 토막도 못 되게 줄어든 이유를 말입니다. 골똘히 생각할 것도 없이 스마트폰을 가장 먼저 떠올렸습니다. 스마트폰의 급속한 보급과 많고 많은 기능으로 지하철 안에서 책은커녕 신문 보는 이도 보기 힘들고 심지어 무가지無價紙와 지하철 광고도 거의 없어지지 않았는가 말입니다. 한 번은 지인들 모임에서 오늘날 책을 읽지 않는 풍토와 그 원흉인 스마트폰을 성토했더니 그 중 한 사람이 고개를 절레절레하며 말했습니다. 휴대전화는 눈에 보이는 현상일 뿐 근본 원인은 집값, 전세비용, 생활패턴 변화로 주요 문화소비층인 20~30대가 문화에 돈을 쓸 수 없기 때문이라고, 젊은 친구들이 경제적으로 쪼들리기에 가장 저렴하고 손쉽게 접할 수 있는 스마트폰을 애용하는 것뿐이지 그것이 책을 안 읽는 이유가 될 수는 없다는 말이었습니다. 간단하고 명쾌한 논리에 충분히 수긍하였습니다. 독서 시장이 이 지경이 된 책임을 부동산과 문화 정책 입안자에게 물어야 한다고 그날 밤늦게까지 열변을 토했던 기억이 숙취 속에 어렴풋이 남아 있습니다.

며칠 뒤 상갓집에서 여러 분야에서 일하는 분들을 만났습니다. 관심이 오로지 책을 읽지 않는 원인에 쏠려 있기에 마침 잘됐다 하는 생각에 여쭈었더니 원로 한 분이 이렇게 대답해 주셨습니다. "예전에는 대학에 가기 힘들어 고등학교만 졸업한 사람들이 많았는데 이들이 사실 문화의 주요 소비자였다. 지적, 문화적 욕구를 해소할 수 있는 곳이 책밖에 없어 이들이 독서에 몰두하였고 그에 따라 교양서가 팔리게 되었다."라는 설명이었습니다. 요즘 대학 정원이 늘다 보니 너도나도 대학에 가게 되었는데, 대학생은 책을 읽지 않는다는 사실을 잘 알지 않느냐는 반문으로 끝맺음 하셨습니다.

책을 읽지 않는 이유를 찾아 생각하고 탐문했더니 스마트폰, 부동산 정책 실패, 대학입시 정책과 대학생들의 성향까지 돌고 돌아온 것입니다. 모두 일리가 있지만 전폭적으로 수긍하기 어려운 주장도 있었습니다. 한편으로 독자만을 탓할 것이 아니라 인문학 전공자들이 대중과 호흡하려는 노력을 제대로 시도하지 않은 것이 더 현실적인 원인이 아닐까 하는 생각이 들기도 했습니다. 그러다가 흥분을 가라앉히고 생각해보니 안개가 조금씩 걷히고 거대한 현실의 실체가 보이는 느낌이었습니다. 무엇보다 요즘 젊은이들이 책과 인문학에 관심이 없고 민주, 정의 등 거대 담론에 반응하지 않는 것은 그들의 어깨를 짓누르는 생존의 무게 때문이 아닐까 싶은 생각이 들었습니다.

'무항산無恒産이면 무항심無恒心', 곧 '생활할 수 있는 일정한 재산 또는 직업이 없으면 변하지 아니하고 바르고 떳떳한 마음가짐을 유지할 수 없다'는 맹자의 말이 절실하게 다가오는 요즈음입니다. 상상력의 원천이자 미래의 고귀한 투자인 책과 인문학에 관심이 줄어든 직접적 원인이야말로 살기 좋은 세상을 만들지 못한 우리 기성세대에게 있다는 생각에 슬픈 마음으로 푸른 하늘을 올려보았습니다.

시
월

요리사와 편견

냉장고처럼 생긴 하얀 철제 쌀통이 집집마다 있었던 시절 이야기다. 뒤주를 밀어내고 마루나 거실에 한 자리 차지한 쌀통은 당당한 혼수품의 하나이기도 했다. 쌀통 앞쪽의 손잡이를 누르면 쌀이 나오는 게 신기했다. 생긴 건 깔끔했지만 쌀통에서는 어김없이 벌레가 생겼다. 자리 위에 쏟아 놓은 쌀더미 사이를 기어 다니는 쌀벌레를 잡을 적에 귀찮다고 투덜댔더니 어머니께서 "쌀벌레는 부자만 먹는다"고 불평의 싹을 단칼에 자르셨다. 어린 나였지만 우리 집이 부자가 아닌 줄이야 진작 알고 있었기에 어머니 말씀은 쌀이 떨어져 밥을 못 먹을 만큼 가난하지 않으니 걱정하지 말라는 정도로 들렸다.

어쩌다 부엌 근처에 얼씬거렸다가는 불호령이 떨어졌고, 음식이 맛이 있다는 것과 없다는 것 그리고 짜다 싱겁다 정도 말하기도 어려웠다. 남자의 입은 무뎌야 했고 음식에 대해 이런저런 말을 하면 입이 짧은 사람 또는 까다로운 인간으로 매도되곤 했다. 음식을 남긴다는 것은 생각지도 못했고 외식은 금기였으니 요리다운 요리는 접할 기회조차 없었다. 어쩌다 졸업식이나 되어야 먹는 짜장면 한 그릇이 최고의 호사일 뿐 탕수육 등은 본 적만 있었기에 맛이 궁금했다. 사회생활을 하면서 경양식 집에서 돈가스를 시킨 후 왼손에 포크, 오른손에 나이프를 들어야 한다는 것을 외우고 가야 했다. 은사님 말씀을 빌리자면 "구이가 안주로 올라온 것이

80년대였고 그 이전은 대개 찌개, 두부, 김치 등이 안주였으니 우리가 고기다운 고기를 먹어 본 기간이 몇 년 되지 않았다"는 말씀이었다.

오래전 일이 되었지만 모 특급호텔 이사에 그 호텔 주방장으로 임명된 사실이 언론에 크게 보도된 적이 있었다. 주방장의 경력이나 음식 등에 대한 얘기보다 "왜 남자가 요리를 직업으로 하게 되었는가, 자식들은 뭐라고 하는가, 부인은 요리할 줄 아는가" 등이 인터뷰 기사 대부분을 차지했었다. "집에서도 요리를 하는가"라는 기자의 마무리 질문에 "집에서는 절대 부엌에 가지 않는다"는 주방장 상남자 포스의 대답이 인상 깊었다. 몇 해 뒤 일본의 유명 요리사가 사망하자 그의 수련 과정, 대표 요리, 세계대회 성적, 요리사의 장점을 극대화시킨 리더십 등이 찬사를 받았고 일본 사회 전체가 그의 업적을 추모하는 분위기였다는 기사를 읽었다. 기사 마무리에 요리사는 물론 전문인을 높이 평가하지 않는 우리 사회에 대한 비판적 언급이었다.

요리사가 '셰프'라는 멋진 이름으로 불리고 텔레비전이나 신문 등에 맛집 정보가 넘쳐나게 된 것은 그리 오래되지 않았다. 나는 먹거리에 열광하는 현상 자체가 반갑지 않았다. 맛있는 음식이야 좋아하지만 먹는 것에 대한 집착은 1차원적으로 생각되었고 언제부터 우리가 먹는 것에 그렇게 신경을 썼는가에 대한 일종의 근원적 의문이 들었기 때문이다. 교양프로그램은 괴멸 상태이고 육아 프로그램에 반감이 있는 경우도 많으니 상대적 박탈감이 적은 요리 프로그램이 주목받는 것이 아닌가 하는 생각이 컸다.

어느 술자리에서 셰프가 연예인이 되어 가는 요즘 세태에 이런저런 삐딱한 생각을 늘어놓았더니 "요리사가 주목 받는 현상이야말로 직업에 귀천이 없고 공부 외에 다른 길이 있다는 것을 보여주는 좋은 예가 아니냐?"라는 반론에 말문이 막혔다. 제조업 등 이른바 3D업종에 묵묵히 종사하는 분들에 대한 관심이 더욱 절실하다는 취지로 이야기하려고 했던 것인데 더 이상 말을 이어갈 수 없었다. 좁은 공간에서 위험한 불을 다루고 날카로운 칼로 재료를 다듬으며 때론 손님들의 불평과 맞닥뜨려야 하는 요리사가 육체적, 정신적으로 얼마나 힘든 직업인가에 관심을 두지 않았기 때문이다. 요리를 완성하기 위한 험난한 수련은 생각하지 않고 요즘에야 겨우 사회적 대접을 받는 극소수 잘나가는 셰프들의 모습만 본 것이 아닌가 하는 생각에 정신이 퍼뜩 들었다. 어릴 적 교육은 그렇게 오래 기억되고 한번 생겨난 편견은 지워지기 힘든가 보다. 나 스스로 반성해보는 소중한 시간이었다.

시끄러운 도서관

걷기 좋은 계절은 역시 가을이다. 아침에는 바람이 좋고 낮에는 볕이 좋다. 저녁의 기운과 밤의 냄새는 또 얼마나 좋은지 모른다. 상상만으로는 아쉬워서 오늘도 단출한 차림으로 밖에 나선다. 사람들이 취미에 대해 물을 때마다 언젠가부터 걷는 것이라고 답해왔다. 예전에는 독서라고 대답했는데, 취미라고 부르기에는 읽는 일이 생활 깊숙한 곳에 자리 잡았다. 읽고 쓰는 일을 해오다 보니 읽기는 밥 먹기나 잠자기처럼 일상에 달라붙어 있는 느낌이다. 매일 취미 생활하고 있다고 말할 수도 있으니 어쩐지 면구스럽다. 서재에 수북이 쌓여 있는 책들을 보며 잠들고 일어난다. 하루의 시작과 끝에는 늘 책이 있다.

내딛는 걸음에도 힘이 붙는다. 온도와 습도가 적당해서 힘을 들이지 않고 걷는 기분이 들 때가 많다. 여유가 생기니 풍경이 눈에 들어오는 순간도 잦다. 실은 눈에 들어온다기보다 눈에 들어차는 것 같다. 그래서 가을에는 목을 길게 늘여 빼고 걷는다. 하나라도 더 보고 싶어서, 그것을 더 가깝게 보고 싶어서다. 걷다가 만나는 이름 모를 새에게 인사를 건네고 바닥에 떨어진 나뭇잎이나 솔방울을 줍기도 한다. 취미라고 말하기에 그렇지만 걷기는 많은 부분이 소박함으로 채워져 있는 것은 아닐까 생각한다.

심신이 향하는 데가 서로 달라도 시간이 날 때마다 걸어서 도서관에 간다. 걷다 보면 새로운 생각들이 솟아나기 때문이다. 그저 다리로 걷고 눈으로 담고 귀로 듣는다. 천천히 걸어 도서관에 가면서 작은 깨달음도 얻었다. 계절과 시간대를 '제약'이 아닌 '최적'으로 받아들일 때, 만족감이 가장 크다는 점이다. 가을날 걷는 것을 개인적으로 가장 좋아하지만, 봄날은 봄날대로, 여름날은 여름날대로 매력이 있다. 가만있어도 땀이 흐르는 날에 나는 여름다움이 무엇인지 온몸으로 느낀다. 살을 에는 겨울날에도 걷다 보면 몸 안에서 필사적으로 피가 돌고 있음을 깨닫는다. 더위와 추위는 더 이상 장벽이 아니라 '함께하는' 기운이 된다. 몸은 고될지라도 마음은 늘 넉넉해진 채 돌아온다.

천천히 걸어서 간 도서관 풍경은 너무 고요함에 놀란다. 숨소리, 책장 넘기는 소리, 의자 끄는 소리, 바닥에 펜 굴러가는 소리는 내 어린 시절의 '도서관' 이미지이다. 도서관은 그저 돈을 내지 않는 독서실의 다른 이름으로 기억된다. 나의 관심과 질문에 답이 될 정보가 있는 곳, 그 정보를 함께 찾을 사서司書가 있는 곳, 정보를 찾는 과정은 한 번의 질문과 대답으로 끝나지 않는 지속적인 상호작용이며, 그 과정을 통해 현재의 문제를 해결하고, 미래를 준비하는 곳으로 실제 도서관 이용자 중 원하는 것을 처음부터 정확하게 말하는 사람은 드물다. 개인의 능력 부족 때문이 아니라 정보와 지식의 탐구 과정이 질문과 대답을 거치며 구체화하기 때문이다. 그런 활발한 커뮤니케이션이 기본인 도서관이 이렇게 조용해도 되는가 하는 생각이 들 때가 많다.

오늘날 도서관에서 일어나는 탐구 과정은 이전보다 더 역동적이다. 사람들이 원하는 정보는 더 이상 책에만 있지 않다. 넘쳐나는 인터넷상의 정보는 가짜와 진짜를 구분하기도 어려울 정도다. 요즘 유행하는 음식 레시피를 글로 찾느냐 동영상으로 찾느냐로 세대를 구분한다는데 이젠 AR, VR, 메타버스 시대가 오고 있다. 일상생활에 필요한 문해력이 문자를 읽고, 쓰고, 이해하는 데 한정되지 않는다. 디지털 세상의 정보를 찾고, 보고, 듣고, 이해하기 위한 다양한 능력이 요구되는 요즘 끊임없이 배우고, 만나고, 소통해야 빠르게 변하는 시대에 뒤떨어지지 않고 자신을 유지할 수 있기 때문이다.

바로 그 중심에 도서관이 있다. 연간 3,000만 명 이상이 공공도서관에서 진행하는 각종 문화·교육 프로그램에 참여한다고 한다. 이는 일회성 교육에 그치지 않고 도서관에서 자연스럽게 후속 학습으로 이어지는 것을 목표로 한다. 이용할 수 있는 장서도 동네 도서관뿐 아니라 각종 온라인 정보원과 국립중앙도서관이 운영하는 책바다와 디지털화 사업을 통해 외연이 전국으로 확장되고 있다. 올해 3월에 문을 연 '실감서재'는 수장고 속 고문헌을 최첨단 기술로 재현하여 새로운 방식의 읽기를 제안하는 전시·체험 공간인데, 코로나19로 관람이 제한적인데도 1,800여 명이 다녀갔다고 한다. 이 같은 모든 활동은 도서관, 이용할 수 있는 정보, 서비스를 기획·운영하는 사서와 무엇보다 여기에 참여하는 지역 예술인이나 이용자들의 활발한 상호작용이 있어야 가능한 일이다. 도서관은 이제 책을 빌려 보는 그런 곳이 아니라 전자책이든 출판된 책이든 '책=정보'라는 매개체를 중심으로 함께 만나 즐기며 교류가 일어나는 문화 공간이어야 한다.

여전히 도서관이 조용해야 한다고 생각하는 당신은 움베르토 에코의
『장미의 이름』속 웃음을 금기시하여 책장에 독을 발랐던 근엄하고 엄숙
한 도서관을 기대하는 것인지도 모르겠다. 가장 조용한 도서관은 사람이
없는 도서관이다. 그러나 사람 없이 책만 있는 도서관은 그저 서고書庫일
뿐이다. 아이에게 책 읽어주는 소리, 새로운 기기 사용법을 질문하는 소
리, 교육프로그램 후 자기 계발을 위해 사서와 상담하는 소리, 도서관 전
시실에서 감상을 나누며 서로 소통하고 어려운 이웃과 어르신들도 열린
강연에 참석하여 웃음과 박수 소리가 넘쳐나야 한다. 이런 것들이 거슬린
다면 도서관이 아닌 독서실을 추천하고 싶다. 도서관은 생동감으로 넘쳐
나는 곳 아니 시끄러워야 한다고 생각한다.

옛길에서 얻는 희망가

　길은 우리에게 꿈과 희망을 주고 있다. 그러기에 옛길은 잊힌 꿈이자 스러져간 희망이다. 속도와 생산성의 기치 아래 잊히고 허물어진 옛길을 찾아 걸어보는 것은 지나간 꿈을 복원하고 되살리는 과정일지 모른다.

　'세상의 모든 길은 땅바닥에 새겨진 기억이며 오랜 세월을 두고 그 장소들을 드나들었던 무수한 보행자들이 땅 위에 남긴 잎맥 같은 것, 여러 세대의 인간들이 풍경 속에 찍어 놓은 어떤 연대감의 자취 같은 것'이라고 했던가. 우리의 산하 어느 땅 어디를 가도 길은 끊어질 듯 이어지며, 뱀처럼 구불거리며 천천히 몸을 틀어 높은 곳을 향하고 있다.

　잡목 숲은 긴 여름의 햇살에 익어 짙푸름으로 변해가고 앞서갔던 세월과 사람의 희미한 흔적이 생채기처럼 나무 곳곳에 남아 있으며 이슬로 떨어져 있다. 누구였을까. 이른 아침에 혼자서 걸어간 이는 마른 바람에도 술렁이는 그 어떤 허술한 가슴이 있어, 안개가 짙게 내린 이 길을 넘어갔을까. 사위는 정적에 싸여 있다. 자동차의 속도와 매연, 어깨를 부딪치며 걸어야 하는 사람의 물결과 소음 그 익숙하던 도시의 흔적이라고는 아무것도 없고, 산과 하늘과 숲과 바람은 침묵 속에 자신을 완전히 드러내고 있다. 우리는 별말 없이 적당한 거리를 유지한 채 자유롭게 걷기를 갈구하는지 모른다. 내게는 침묵을 즐길 줄 알며, 정적을 곤혹스러워하지 않으며, 걷기를 즐기고 예찬하는 벗이 있어 짧은 길 떠남을 풍요롭게 해준다.

　'언어는 하나가 되었던 사람들을 서로 갈라놓으며 대화는 우리를 풍경으로부터 떼어낸다.' 적어도 우리가 자연 속으로 걸어 들어갈 때는 고집스레 침묵을 지키지 말라고 해도 침묵을 하게 될 것이다. 가끔은 침묵 속에서 더 많은 것들이 말해지는 법이다. 물이 끓고 있는 냄비 속으로 푸른 잎새 하나가 자진自盡하고, 길은 경계를 지우며 잎사귀로 덮여있다. 뜨거운 국물로 허기를 채우고 다시 길을 재촉한다. 여전히 우리는 다른 이와의 우연한 마주침도 없이 온전히 길을 차지하며 걷고 싶다. 먹이를 찾아 내려온 산짐승들의 크고 작은 발자국이 길옆 곳곳에 점점이 찍혀 있다. 그 옆으로 나란히 찍혀 가는 발자국, 그렇다 걷는다는 것은 곧 자신을 되돌아보는 참회의 기도이자 세상 만물과 비로소 하나가 되는 마음의 눈을 뜨는 과정이라고 했다. 길에서 도道를 찾듯이 느리게 걸으며 삶의 여유와 지혜를 배울 수 있다면 얼마나 큰 즐거움일까. 아직 내가 가기에는 너무나 이른 길, 내내 가지 말아야 할 길, 질기고 긴 악연의 길, 편안한 길 어디를 가든 아직 그런 길을 가기엔 삶이 너무나 짧은 것 같다.

　아직 몇몇 온전하게 남아있는 우리의 옛길이 개발과 편안함만을 앞세운 철없는 논리에 더 이상 휘둘리거나 괴롭힘 당하지 않도록 관심을 갖고 보존에 앞장서야 할 것이다. 옛 선인들의 애환과 질곡이 서린 그런 옛길을 왜 고스란히 보존하고 남겨놓아야 하는지 가슴에 손을 얹고 곰곰이 생각해 볼 일이다. 그 옛날 과거시험을 보러 가는 선비의 절박한 마음으로 아니면 보부상의 고단했던 심정으로 그대 혼자가 되었던 아니면 부부, 마음 맞는 친구와 함께 천천히 걸으며 옛길이 왜 소중한지 옛길에서 희망을 찾아보자.

가을을 타는지요

거침없는 물처럼 시간도 흘러 어느덧 가을입니다. 단풍잎은 빨간 옷으로 갈아입은 것이 못내 아쉬운 듯 물을 피해 자리하고 있습니다. 보통 낮과 밤의 길이가 같아지는 추분쯤 되면 가을이 왔다고 말합니다. 실제로는 하루 최고 기온이 섭씨 25도 이하로 내려가면 가을을 느낄 수 있습니다.

올해는 늦더위가 유달라서인지 좀 늦게 온 것 같습니다. 가을이 되면 나뭇잎들은 색깔을 바꾸는데 잎 속에 들어 있는 색소 때문이라고 합니다. 여름내 강렬한 햇빛 아래서 광합성을 활발히 할 때는 엽록소를 많이 만들어내 잎도 녹색입니다. 시간이 지나 해가 짧아지고 기온이 내려가면서 엽록소는 서서히 분해됩니다.

그동안 녹색에 가려져 보이지 않던 노란색의 '카로티노이드'라는 색소가 발현합니다. 어떤 나뭇잎은 '안토시아닌'이란 붉은 색소를 새로 만들어 붉게 물들입니다. '가을비 한 번에 내복 한 벌'이란 속담이 있습니다. 가을에 비가 내리고 나면 기온이 뚝 떨어져 본격적으로 서늘한 날씨가 시작된다는 뜻이기도 합니다.

엊그제 비바람 몰아치며 요란했던 날씨 탓인지 기온이 뚝 떨어졌습니다. 옷장 깊숙이 놓아두었던 두툼한 옷을 꺼낼 때가 다가온 것 같습니다.

날씨가 차가워지면 옷차림만 바뀌는 게 아닙니다. 사람의 감정도 덩달아 출렁이는데 서늘해진 날씨 따라 괜스레 우울하고 허탈한 마음이 든다고 합니다. 가을만 되면 특별한 이유 없이 우울해지는 증상을 흔히 '가을을 탄다'라고 말합니다. 과학적으로 보면 어느 정도 근거가 있다고 합니다. 가을에는 여름에 비해 일조량이 줄어들고 이에 따라 세로토닌이나 멜라토닌 같은 신경전달 물질의 분비가 줄면서 들떴던 기분이 차분해지고 가라앉는다고 합니다.

누구에게나 좋아하는 계절이 있듯 가을의 차분함을 좋아하는 사람도 있습니다. 하지만 너무 가을을 타는 것도 건강엔 좋지 않다고 합니다. 우울한 기분이 2주일 이상 지속된다면 계절성 우울증에 빠질 수도 있다는 이야기도 있습니다. 일조량 부족이 원인인 만큼 인위적으로 빛을 쬐게 하는 광선 치료를 권하는데 치료보다는 예방이 우선입니다. 그저 틈나면 자연 빛을 많이 쬐고 만끽하는 게 좋다고 하니 가을 햇살을 가슴에 꼭 안아주어 비타민D를 넉넉하게 보충하시기 바랍니다.

요즘 벼들이 익어가는 들녘은 노란색으로 곱게 뽐내고 있습니다. 잠시 짬을 내어 들녘으로 나가 가을 햇살을 즐겨보시길 바랍니다. 자칫하면 다시 1년을 기다려야하기 때문입니다.

시월 마지막 날

어느새 시월도 끝자락입니다. 시월이라고 중얼거려 보는데 혀에 찬 이슬이 먼저 맺힙니다. 상강霜降은 지났고 입동立冬 절기가 다가옵니다. 시월이 지나면 겨울을 준비하기 위해 바삐 서둘러야 하는 시간입니다. 새벽은 대책 없이 차가워지고 저녁 꼬리는 속절없이 짧아지고 있습니다.

나이가 드니까 왜 이렇게 인생이 무거운지 모르겠습니다. 나만 그런 게 아니고 주변 친구들도 그렇다고 하더군요. 긴장·불안·허무라는 세 가지 감정이 풍차 날개처럼 끊임없이 돌아가면서 때리는 것 같습니다. 이런 고민을 해결할 방법은 없을까 해서 제 개인적인 생각을 적어 보았습니다.

스페인 산티아고 순례길을 걷는 것입니다. 하루에 7~8시간씩 줄잡아 한 달을 걷는 코스라고 합니다. 최근 몇 년간 산티아고 순례길이 한국 사람들로 붐비고 있다고 합니다. "왜 이렇게 한국 사람이 많이 오는 건가요? 참 신기해요."하고 현지 알베르게 주인들이 질문한다고 합니다. 아시아에서 이 길을 가장 많이 걷는 사람이 한국인들이라고 하는데 일본인과 중국인은 별로 없다고 합니다. 동북아시아에서 유일하게 기독교를 받아들인 한국 사람들 입장에서 보면 산티아고 순례길은 이방異邦의 길이 아닐 겁니다. 영적인 순례의 길이기도 합니다. 돈과 시간이 안 되면 제주의 올레길이나 해파랑길도 좋을 겁니다. 바다에서 뿜어져 나오는 염기鹽氣가 긴장을 풀어준다고 합니다. 제 버킷리스트에서 지워졌지만 말입니다.

네팔 히말라야 등반입니다. 히말라야 등반에서 울긋불긋 등산복 입은 사람을 보면 대부분 한국 사람들입니다. 하얗게 눈이 쌓여 있는 첩첩의 설산雪山을 바라보며 걷다 보면 근심을 잊게 되는데 '공수래공수거空手來空手去'를 실감합니다. 몇 번 다녀온 경험상 4,000미터 높이에서 한 달 이상을 걸어야 확실한 효과를 볼 수 있다고 생각합니다. 가난의 땟국이 절어 있는 카트만두 골목길을 걸으면서 '여기에 비하면 내 팔자가 낫다'는 생각도 해보게 됩니다. 몇 년 전 지진 피해로 인해 더 자주 가봐야 할 것 같습니다. 돈과 시간이 안 되면 국내의 지리산, 설악산, 덕유산을 걸으면 됩니다. 백두대간이나 낙동정맥 구간 구간을 걸어도 좋습니다.

템플 스테이temple stay입니다. 외국인들이 꼽는 한국의 대표적인 문화 상품에 템플 스테이가 들어갑니다. 새벽녘 잠결에 아련히 들리는 스님들의 '도량석' 소리와 범종 소리는 묘한 여운을 줍니다. 큰 절의 산내山內 암자들을 여기저기 둘러보며 안개와 붉은 노을을 감상해 보기도 합니다. 옛날 정신세계의 고단자들이 살았던 절에 가면 맑은 기운이 뭉쳐 있어서 사람의 마음을 쉽게 안정시켜 주는 효과도 있습니다. 잠시 묵언하다 오기 좋은 곳이기에 짧게 때로는 길게 지내다 오기도 합니다.

이처럼 길을 걷거나 조용한 산사에서 이 가을 보내는 건 어떨지요. 다시 일상으로 돌아왔습니다. 살면서 느끼는 건 빚 밖에 없습니다. 조금씩 그 빚을 갚으며 살아야겠다고 다짐합니다. 시월의 마지막 날입니다. 한 가수의 노래 덕분에 유명해진 '잊혀진 계절'이 오늘 우리 곁으로 찾아 올 것입니다. 오늘 밤에 나는 저 노래와 함께 깊어가는 가을을 보낼까 합니다.

십일월

단풍은 스스로 물들지 않는다

이른 아침 산에 올랐다. 어제저녁 잠깐 뿌린 비로 나뭇잎이 한결 약해진 것 같고 밤사이 한 뼘 되게 기온이 내려온 것 같다. 늘 다니는 집 근처 낮은 산에 그냥 올라서면 시내가 조망되고 멀리 바다가 보인다. 그 산꼭대기에 있는 긴 의자에 비스듬히 누워 산 아래와 멀리 바다를 바라보면 이상한 느낌이 든다. 앉아서 보면 느낄 수 없는데 모로 누워 바라보면 산의 숨결들이 느껴진다. 산의 등줄기가 움직이는 것도 보이는 것 같다. 저마다 키를 달리해 봉긋봉긋 솟은 산이 골짜기를 경계하고 또한 디딤 다리 삼아 서로의 맥도 이어져 있다. 지난해 10월 늦은 어느 날 아침 여기 왔을 때, 저 산의 나무들이 더 이상 물을 먹지 않는 것을 보았다. 그래, 이제 쉰다고 생각했다. 성장을 하지 않아도 되는 시간이구나. 그렇다고 그것들이 죽어 있는 것이 아니라는 것도 멈추어 있음이 죽음이 아니라는 것을 안다.

올해는 다른 해보다 단풍이 일찍 오고 자태가 더 곱다는 기사를 보았다. 저 고운 단풍은 혼자서 제 스스로 자태를 만들어 낼 수 있을까. 땅들이 입을 다물고 만물이 서서히 휴식을 취할 자세를 가지려는 9월 중순 이후부터 조금씩 쌀쌀해지는 기온과 습기와 자외선 같은 자연조건들의 영향을 받는다. 그런 영향들이 복잡하게 얽혀서 생물학적 성분변화를 일으켜서 만들어진다고 한다.

아름다운 단풍을 그것 하나로만 보지 않으려는 마음이 중요하다고 생각된다. 이 세상에 존재하는 어느 것 하나, 저 홀로 그렇게 되는 것이 없기 때문이다. 노란 은행잎, 빨간 단풍잎 속에 스며든 기후와 습기와 자외선을 함께 느끼는 것, 이런 태도가 생활에서 잘 훈련된다면 아마 균형에 대한 가치가 저절로 자리를 잡게 될 것이다. 우리가 아침에 먹는 밥 한 그릇에서 농부의 정성을, 생선 한 토막에서 어부의 성실을, 갈아입은 옷에서 노동자의 근면함을 느낀다면 하루를 정말로 교만하지 않게 살 수 있을 것이다. 우리 자신에게서 타인의 생명을 느끼는 마음이 우리 삶의 바탕에 깔리게 된다면 얼마나 이 사회가 부드러워질 수 있을까.

물론 사회는 다양해야 하고 그럴수록 좋다고 본다. 하지만 다양성은 변치 않는 어떤 원칙 속에서만 존재한다. 아마도 그 원칙이라면 자기 안에 있는 타인, 타인 속에 있는 자기 자신을 인식하고 그 관계를 살리는 "관계상의 에너지"일 것이다.

내 입장과 타인의 입장을 긍정적이고 생산적인 관점에서 생각하는 버릇, 내 이익과 타인의 이익을 균형 감각으로 저울질해 보는 습관, 이런 것을 키우는 사회교육이 이루어져야 한다고 생각한다. 옛 속담에 사촌이 땅을 사면 배가 아프다고 했다. 이렇게 생각하는 것이 어쩌면 당연하고 인간적이라고 말할 수 있을 모르지만 그것이 판단 기준이나 가치여서는 안 될 것이다.

한 사회의 성숙도는 사람을 얼마나 제대로 대접하고 키우느냐에 달려 있다고 생각한다. 저 고운 단풍이 홀로 물들 수 없는 이치에서 우리는 배워야 할 것이다. 타인에게서 나를, 나에게서 타인을 보는 '균형잡기' 같은 것을 말이다.

사람의 꽃

이젠 날이 제법 차갑다. 입동도 지났으니 가을도 이젠 끝물이다. 남녘의 산록도 단풍이 끝나고 높은 산에 눈이 내렸다는 소식을 들었다. 지난주 산사에서 지내며 산길을 걷는 시간이 있었다. 산길을 걷다가 발걸음이 자연스레 멈춰졌다. 하늘은 쨍하니 파랗고 단풍은 빨갛다 못해 검붉고 비껴드는 오후 햇살은 눈이 시리어 차마 바로 보지 못할 정도였다. 문득 지난해 오늘이 지금, 이 순간과는 달랐듯이 내년의 오늘도 지금과 같지 않을 거라는 생각이 스쳤다. 지금까지 살아오면서 맞았던 가을날들 가운데 어느 가을 하루처럼 같은 날이 있었겠는가 싶었다.

생각은 훌쩍 뛰어넘어 사람이 제대로 산다는 것은 매 순간을 살아버리는 것, 즉 시간을 태워버리는 것이 아닐까 하는 데까지 이르렀다. 제대로 사는 삶이란 무엇일까, 순간마다 다른 뜻을 맛보며 사는 것 아닐까 싶다. '후회 없이 산다'라고 말하는 것도 순간순간을 태워버리듯 찌꺼기 하나 남지 않게 한다는 말과 같은 뜻으로 여겨지는 것이다. 사람이 '살다'라는 말과 태운다는 뜻인 '사르다'가 같은 말이 아닐까 하는 생각을 하게 된 것이다.

많은 사람이 살아가는 데 가장 기본 활동인 먹는 일조차도 제대로 살아내지 못하는 경우도 있다. 점심을 먹으면서 오후에 할 일을 걱정하고, 저녁밥을 먹으면서 내일 일을 걱정하듯이 말이다. 그러니까 밥과 사람이 한데 어울려 먹는 순간을 제대로 '살아 버리지' 못하고 밥은 밥대로, 사람은 사람대로 각각 분리되어 버리는 것 아닐까 싶다. 이때 밥은 사람을 위한 한 먹거리 순간에 지나지 않고, 밥 먹는 시간은 다음 할 일을 위한 준비 과정으로 치부하게 된다. 이렇게 먹는 밥이 어찌 진정한 의미의 건강이라 할 수 있을까.

『중용』에 보면 '먹고 마시지 않고 사는 사람이 없건마는, 제 맛을 알고 먹는 사람이 드물다'라는 말을 곱씹어 보게 한다. 정녕 누구나 밥을 먹고 살아가긴 하지만 끼니마다 먹는 밥맛이 다 다름을 느끼면서 살아가기는 쉽지 않은 일이기 때문이다. 『논어』에 나오는 '식불어 침불언食不語 寢不言 즉 밥을 먹을 때도 말이 없었고, 잠을 잘 때도 말이 없었다.'라고 말한 공자의 삶 역시 '밥맛을 제대로 알고 먹으며 사는' 드문 경우에 속한다고 보인다. '먹고 잘 때 말이 없었다'는 것은 먹고 자는 일 그 자체가 하나가 되어, 먹을 때는 '먹는 사람'이, 잠잘 때는 '잠자는 사람'이 될 뿐이라는 뜻이다. 먹고 자는 일이 그 어떤 목적을 위한 수단이 아니라 그 자체로서 완결되었다는 것 아닐까. 삶의 기본 활동인 먹는 일이 이럴진대 공부인들 또 뭐 다르랴. 평범한 일상인 먹고, 마시고, 잠자기의 의미를 깨닫고 그 일상을 제대로 누리며 사는 법을 배우는 것부터가 공부의 올바른 시작이다. 무엇을 '위하여' 먹고, 내일을 '위하여' 잠자는 것이 아니라 먹을 때는 먹음 자체가 되고, 잠잘 때는 잠자기 자체가 되는 법을 배워서 익숙해지는 것이 참된 공부 길이라고 한다.

이 땅에서 공부가 무엇을 '위하여' 행하는 노동으로 타락한 지 이미 오래다. 대학에 진학하기 위하여 공부하고, 좋은 직장을 얻기 위하여 공부하는 식이 된 지가 오래되었다. '위하여' 하는 공부는 노동이지 참된 공부가 아닐 것이다. 공부 자체에 오롯이 빠져들어 '공부하는 사람'이 되어버리지 못하고, 바깥에서 공부의 겉을 핥는 셈이기 때문이다. 이런 공부는 사실 피곤하다.

얼마 전 수능시험이 끝났지만 여러 가지로 말이 많다. 자주 바뀌는 교육 정책으로 수험생들만 힘든 것이 아니라 학교 선생님이나 학부모도 상황은 마찬가지이다. '위하여' 하는 모든 일에는 불안과 초조의 그림자가 따르기 때문일까. 다만 이 통과의례를 겪고 난 다음 날, '지금 여기'에 있는 나를 정면으로 응시하며 하는 참 공부를 권유하고 싶다. 기쁨과 즐거움은 그 무엇을 위해서도 또 미래를 위해서도 아닌, 바로 이 순간의 '나'를 오롯이 살아버릴 때야 향기가 나는 사람의 꽃으로 피어나기 때문이다.

마지막 잎새

올 한 해도 얼마 안 남았다. 한 해를 보내는 계절이 되면 작가 오 헨리 O. Henry의 단편소설 『마지막 잎새』가 머리에 떠오른다. 병상에 누워 창밖 담장에 걸려 있는 담쟁이의 마지막 잎이 떨어지면 자신의 생명도 끝날 것 이라며 죽음을 기다리던 소녀. 학창 시절에 교과서에 실린 소설의 이 대 목을 읽고 밀려오는 막막함이 초겨울 막 눈을 뿌리려는 침침한 하늘 그대 로인 것처럼 한숨을 쉬어보지 않은 사람이 없었으리라.

우리 대중가요에도 이런 분위기가 있다. 가수 배호가 부른 "그 시절 푸 르던 잎 어느덧 낙엽 지고/달빛만 싸늘히 허전한 가지/그 얼마나 참았던 사무친 상처길래/흐느끼며 떨어지는 마지막 잎새"라는 노랫말이 그것이 다. 이 멋진 노랫말은 경북 경주 출신 고故 정귀문 씨가 만들었다. 학창 시 절 교장 선생님의 딸을 좋아했는데, 교정에서 떨어지는 플라타너스 낙엽 을 보며 이런 시구를 만들었다고 하니 일찍부터 감수성과 재능이 뛰어났 던 모양이다.

그렇지만 소설 『마지막 잎새』는 절망의 상징이 아니라 희망이자 생명 이었다. 소녀를 위해 몰아치는 비바람을 뚫고 밤새 담장 위에 떨어지지 않는 푸른 잎을 그려놓고 세상을 떠난 늙은 화가가 있었던 것이다. 그 푸 른 잎을 보며 소녀가 희망을 되찾고 다시 살아나지 않았던가? 그러기에 몇 년 전에 중국 지린성 장춘長春시에서는 뇌종양 말기의 한 소녀를 위해 병원 관계자들이 마치 베이징의 천안문 광장에서 중국의 국기를 게양하는 양 연극을 해서 소원을 풀어준 사건이 '중국판 마지막 잎새'라는 제목으로 알려지기도 했다.

나무에서 잎이 떨어져 나가는 것을 마지막이나 종결로 보는 것은 서양의 직선적 우주관에 의한 일방적인 관점일 수 있다. 동양의 순환적인 우주관은 나뭇잎이 떨어진다고 세상이 그대로 끝나는 것이 아니라고 말하고 있기 때문이다. 서양식으로 생각하면 봄은 탄생이고 여름은 성장이고 가을은 결실이고 겨울은 소멸이다. 동양식으로 봄부터 가을까지가 탄생과 성장과 결실인 것은 같지만 겨울은 소멸이 아니라 또 다른 봄의 탄생을 위한 저장과 비축이다. 유명한 천자문千字文 앞부분처럼 '한래서왕寒來暑往 추위가 왔다 가면 더위가 오며, 추수동장秋收冬藏 가을엔 거두고 겨울엔 갈무린다' 그러기에 늦가을 지나 겨울에 떨어지는 마지막 잎새는 그것이 생명의 끝이 아니다.

이제 얼마 안 있으면 또 다른 생명이 잉태된다. 그 생명들이 다시 태어나서 우리와 세상을 즐겁게 할 것이다. 그런 준비를 위해 이 낙엽은 얼마나 숭고한 임무를 수행하고 있는가, 이런 생각을 하다 보면 간절기 낙엽은 슬픈 것이 아니라 또 다른 기쁨을 위한 준비이자 자기 완결이다.

오직 절망만이 있는 것 같은 눈앞의 정치 현실에 대해서도 그것을 보는 눈, 보는 마음에 따라 달리 보일 수 있다. 모든 권력에 4년이건 5년이건 주기를 둔 것도 바로 그런 뜻이리라. 우주에 봄, 여름, 가을, 겨울이 있듯 그 겨울이란 것이 끝이 아니라 봄의 새로운 탄생을 위한 '위대한 포기'이며 새로운 시작을 위한 준비라는 것이다. 그래서 나뭇잎이 떨어져 아무것도 남지 않는 듯 이 계절을 우리가 두려워하거나 절망할 필요가 없다는 것이다. 나라 곳곳에서 드러나는 수많은 부정과 부패, 권력형 비리 현상 등 부패하고 썩은 것을 보면서도 안심할 수 있다. 썩고 있음을 알게 된 것은 아직도 썩은 것을 도려낼 수 있다는 뜻이 되기 때문이다.

새벽과 봄날은 꼭 와야 하고 또 올 것임을 우리는 믿고 있다. 이즈음 우리 주위 곳곳에서 볼 수 있는 나목裸木들은 자기 옷을 스스로 벗어버리며 자연과 우주의 깊은 뜻을 가르쳐주는 선생인 것이다. 우리에게 필요한 것은 버리는 것을 아는 것이다. 권력도 돈도 명성도 때가 되면 버릴 때 영원히 자기 것이 되고 자신도 살 수 있음을 아는 그것이 마지막 잎새가 가르쳐 주는 '세상에 남겨진 이 우주의 자비'일 것이다.

나를 부르는 숲

여행 작가 빌 브라이슨이 쓴 『나를 부르는 숲』이란 책을 읽어 보셨는지요. 이 책의 요지는 한마디로 걸음으로 거리를 재면 세상은 확 달라진다는 것입니다. 지하철 이용자에게 거리는 정류장 숫자나 소요 시간으로 단출하게 산정되지만 같은 거리를 걷는다면 시간에다 짐 무게, 다리 통증, 갈증까지 감안해야 합니다. 가령 승용차로 50킬로미터라면 한나절 나들이 장소로도 무난하겠지만, 20킬로그램쯤 되는 배낭을 메고 등산을 하거나 숲길 트레킹을 해야 한다면 까마득해집니다.

지난 주말 집 가까운 곳에 있는 K 식물원을 가족과 함께 다녀왔습니다. 식물원이지만 약 1시간 정도의 숲길을 걸어야 합니다. 또한 식물과 나무가 적절하게 조화를 이룬 곳이기도 합니다. 정갈하게 난 길을 따라 나무에 친절하게 붙은 설명 팻말을 보며 천천히 걸었습니다.

틈틈이 나무껍질을 쓰다듬거나 저마다 지어진 이름을 혼자 되뇌어보곤 했습니다. 그렇게 한 시간 남짓 걷고 나면 다시 출발 지점으로 돌아오게 됩니다. 문명의 자리에서 되돌아본 숲은 스펀지처럼 푹신한 땅에 크고 작은 나무들이 얼크러져 사는 강렬한 가을 햇살 탓인지 조금은 두근거리고 설레었습니다. 숲의 깊이와 부피를 숫자로서가 아니라 몸으로 느낀 뒤이기 때문이기도 합니다. 어디쯤 가면 어른 키보다 웃자란 회양목이 있고,

어느 모퉁이를 돌면 은방울꽃 무지를 융단처럼 깔고 선 졸참나무가 살고, 그 곁에는 올해 도토리 농사를 유난히 잘 지어 다람쥐에게 인기를 독차지했다는 상수리나무가 으스대며 서 있었습니다.

조금 전 지나쳐온 비탈 한쪽의, 새치름하게 푸르던 당단풍도 며칠 뒤면 농염하게 물들 것이라는 사실을 짐작하는 이도, 남편 바람기를 잡아준다는 황벽나무 열매가 맺히는 내년 가을쯤 다시 오마, 하고 다짐하는 이도 있을지 모릅니다. 도시의 가을은 자잘하게 돋는 소름처럼 문득 찾아오지만, 숲의 가을은 한지에 물 스미듯 다가와 고요히 깊어짐을 느낍니다. 여름 내내 완강하던 초록의 기세가 한 귀퉁이에서부터 흐트러지면 다른 잎들도 슬그머니 홍조를 띠기 시작하고, 꽃보다 붉다는 순간의 절정이 찾아드는 속도로 서걱서걱 버석버석 말라갑니다. 숲의 봄이 폭발하듯 느닷없이 들이닥친다면 숲의 가을은 어둠처럼 어둑어둑 다가오는 것 같습니다. 거기 깃든 고요는 꽁꽁 싸맨 겨울의 적막이나 침묵과 다른, 돌아앉아 남은 격정을 혼자 다독이듯 조금씩 흔들리며 처연히 가라앉는 고요가 아닐까 싶습니다. 여름 숲이 휴식을 준다면 가을 숲은 위안을 준다고 합니다.

나무는 늙지만, 숲은 늙지 않는다고 하는데 환경 변화나 재해, 병해충으로 인해 병든 숲과 그렇지 않은 숲이 있을 뿐입니다. 그런 의미에서 생을 다한 낙엽은 숲의 생명력과 건강성의 선명한 물증이 아닐까 싶습니다. 숲은 낙엽의 부피와 다채로움으로 물기 없이 바람에 쓸리는 그 가벼운 버석거림으로 제 존재를 알리는 것 같습니다. 잎이 진 가을 숲길을 걸으며 그 소리를 몸으로 공감합니다. 또 잃어버린 공간의 감각을 일깨우고 좋은 공기를 마시며 건강을 챙기는 일은 상수리나무가 도토리를 맺어 숲을 풍요롭게 하는 것처럼 부수적인 혜택일지 모른다는 생각에 숲은 외롭지 않고 우리 곁에 있다는 느낌이었습니다. 낙엽이 타는 연기와 냄새를 맡으며 머물고 싶었지만 짧은 가을 해는 속절없이 가고 말았습니다. 혹독한 겨울을 나기 위해 서서히 땅으로 물을 내리는 나무를 살며시 안아주고 왔습니다.

산을 대하는 마음

찬바람이 불고 기온이 내려가자 온 산을 울긋불긋하게 물들였던 잎들은 생을 장렬하게 마쳤지만, 나뭇잎들의 처연한 몸부림을 보려고 많은 사람이 산을 찾는다. 말 그대로 인산인해였다고 방송이나 신문에서 보도했다. 발갛게 물든 가을 산하처럼 산을 찾은 등산객들의 얼굴 또한 발갛게 물들었거나 생을 마감한 초목들을 보고 많은 것을 느끼거나 삶의 충전을 얻었을 것이다.

산을 오르며 맛보는 또 하나의 즐거움은 자신 스스로 일구어낸 진득한 성취감과 해냈다는 자신감일 것이다. 흙과 나무들이 조화롭게 뿜어내는 향기, 늘 말없이 겸손하고 웅장한 대자연의 의젓함, 산을 오르내리면서 만나는 산사람들과 나누는 인사들 이 모두가 산행에서 느끼는 또 다른 즐거움이 아닐까 싶다.

이렇게 즐거워야 할 산행이 일부 몇몇 몰지각한 사람들 때문에 눈살을 찌푸리는 경우를 종종 보곤 한다. 어느 곳이나 다를 바 없는 등산로 입구부터 형성된 음식점에서 술을 파는 상인들과 산에서 내려와 기분 좋게 마신 술이 약간 도를 넘어 사소한 다툼으로 인해 많은 사람을 불쾌하게 만드는 광경이다. 비단 들어가는 길목뿐만 아니라 산을 오르다 쉬어야 할만 곳에서는 마치 특권을 부여 받은 듯 태연하게 담배까지 피우는 사람을 보면 안타까운 생각이 들 때가 있다.

　요즘처럼 낙엽이 수북하게 쌓인 산길에서 담배 피우는 사람들은 정말 위험한 사람들이다. 진정 산을 좋아하고 사랑하는 사람들은 담배를 안 피우려 노력하고 스스로 자제한다는 이야기를 들은 적이 있다. 대단한 인내심을 요구하는 시험일지도 모르지만, 그 같은 용기에 박수를 보내고 싶다. 실제로 경험한 것은 진정한 산꾼은 골초였지만 산행하는 동안 끝내 담배 피우는 모습을 보지 못했다. 그냥 무심하게 담배를 피우는 등산객에게 점잖게 이야기하면 무슨 참견이냐는 듯 반응을 보이는데 기가 찰 노릇이다. 바짝 마른 낙엽 위에서 담배를 피우다가 산불이라도 난다면 다른 선량한 등산객들까지 욕을 먹게 될 것이고, 엄청난 자연 손실은 물론 복구에도 상당한 시간과 돈이 들어가게 되니 이래저래 손해가 막심하다. 더욱 한심한 일은 이들의 몰염치한 불법 행위를 제지하는 사람이 도리어 봉변당하지 않을까 우려된다.

　산에 오지 말아야 할 사람들을 꼽는다면 무작정 담배 피우는 사람만 포함되는 것이 아니고 꽃 피는 봄부터 언제부터인가 계곡 한적한 곳에서 화투판을 벌여놓고 떠드는 사람들이 있다. 산행하면서 다른 사람은 아랑곳하지 않고 큰 소리로 사람을 부르거나 함부로 침을 뱉는 몰염치한 사람도 용서하기 어렵다. 그저 배불리 먹고 마신 뒤에 남은 빈 병과 오물들을 단지 들고 내려오기 싫어서 바위틈에 자신의 양심과 함께 끼워두고 가는 염치없는 사람도 부지기수다.

　등산로 주요 지점에 매달린 리본들은 중요한 길잡이 구실을 하는 기능을 잃은 지 오래다. 이젠 아무 곳이나 매달려 있는 리본이 이정표가 아니라 산악회를 알리는 과시용으로 전락한 것 같다. 어느 곳에서는 등산로 바닥에 종이로 안내 표시판을 깔아 놓은 것을 본 적이 있다. 이 역시 산을 어지럽히는 사람으로 산에 오를 자격이 없다. 이들이 아무 생각 없이 저지르는 행위로 말미암아 기분 좋은 산행이 우울한 산행으로 바뀌고 아름다운 자연이 병들거나 파괴되고 있음은 매우 안타까운 일이다. 깨끗해지고 아름다워야 할 산을 어지럽히는 사람이라 스스로 생각된다면 차라리 집에서 편하게 쉬었으면 어떨지 모르겠다. 이왕 산으로 가야겠다고 나선 이상 정말 흔적 없이 다녀올 수 있는지 각자가 스스로 다짐하고 산행을 시작했으면 좋겠다. 산도 정들면 떠나기 어렵다는 사실과 산에 대한 두려움을 안다면 그렇게 쉽게 산을 대하지 않을 것이다.

십이월

템플스테이와 공양

비움이 이 시대의 화두입니다. 비우라 한다고 쉽게 비워지나요. 비움을 강조하다 보면 비움에 대한 강박증만 앓게 되기 쉽습니다. 버리고 갈 것만 남아서 홀가분하다는 고백은 비우게 만든 삶의 신비에 대한 얘기이지 값싼 도덕적 충고는 아닐 겁니다.

템플스테이가 시작된 것이 햇수로 많은 시간이 흘렀네요. 해마다 많은 사람이 참여한다고 합니다. 템플스테이를 주관하는 조계종에서는 종교가 아니라 문화운동으로 템플스테이를 한다고 말합니다. 무슨 문화운동이냐 면 주변을 채우느라 진작 삼켜야 했던 것, 체증으로 남아있는 것, 그 체증 속에 들어있는 생명의 불씨를 돌보는 운동이랍니다.

실제로 템플스테이를 해보셨는지요. 1박 2일, 3박 4일, 길어야 6박 7일에 무슨 큰 변화가 일어나겠습니까. 그 짧은 시간에 천년 전통이 품고 있는 진리의 세계에 잠길 수는 없을 것입니다. 그러나 인연만 맞는다면 변화의 불씨 하나는 얻어올 수 있을 것입니다.

템플스테이를 쉼의 시간이라고들 하는데 한번 해보시면 절대 한가하지도 않고 녹록하지도 않습니다. 새벽 3시부터 밤 9시까지 빡빡하기만 합니다. 그럼에도 불구하고 쉼이라 느낀다면 이유는 있습니다. 바로 집중하게 되는 대상 때문입니다. 거기서 가장 집중하게 되는 대상은 부처도 아니고, 스님도 아니고, 자연도 아닙니다. 바로 '나' 입니다. 나의 몸과 나의 감정, 나의 기억, 나의 행태 같은 것들입니다. 과거가 몽땅 전생이라면 내 몸속에 자리 잡은 전생의 흔적들을 돌아보는 거지요.

그전에 우리는 아파야만 쉬었습니다. 열심히 일하는 것을 자부심으로 삼고 살아왔던 우리는 낙타였습니다. 낙타는 열심히 짐을 지고 가는데 그 짐은 주인의 것이고 오로지 주인의 짐을 지고 주인이 정한 길을 가는 낙타의 시간 누구나 그 시기를 거치며 사회적 존재가 됩니다. 학교에 다니고 직장을 잡고 성과를 내는 일로 떳떳한 공동체의 일원이 되는 거지요. 그렇게 공동체 일원으로만 살다 보면 남의 평가만 내면화하는 하인으로, 하녀로, 낙타로만 살게 되는 겁니다.

낙타로 살았던 사람의 잦은 몸살은 병이기 이전에 쉼이며, 쉼이기 이전에 죄입니다. 삶을 유기한 죄, 열심히 산다는 핑계로 나를 잊은 죄, 나를 돌보지 않은 죄, 니체는 낙타가 사자로 변하는 순간을 포착합니다. 낙타로만, 하인으로만 살아왔다는 것을 인식하는 순간 내 안의 사자가 깨어나는 거지요. 자기 혁명의 불씨가 살아나는 순간입니다.

자기 혁명의 불씨는 작은 일 즉 밥 먹는 일, 혼자 노는 일 같은 데서 일어난다고 합니다. 템플스테이에서 특히 인상적이었던 것은 밥 먹는 시간이었습니다. 먹을 만큼만 담기, 침묵 속에서 오로지 씹는 감각만 관찰하는 것입니다. 밥과 멀건 국, 김치와 나물 두어 가지, 생각해보면 초라한 밥상이었으나 한 번도 초라하게 느낀 적이 없었던 것은 그것이 바로 공양

供養이었기 때문인가 봅니다.

처음엔 밥 먹는 일을 모셔서 올리는 것을 공양이라 하는 데 놀랐고 놀라고 나니 실로 놀라운 것이었습니다. 밥을 먹는 일은 내 영혼을 공양하는 일이었으니까요. 그동안 나는 밥을 먹고 있을 때조차 밥을 먹지 못했습니다. 칼로리를 먹고, 정보를 먹고, 사교를 먹었습니다. 밥과 나 사이에 너무 많은 것이 가로막고 있어 공양을 받아 공양함으로써 일상을 공양하는 마음을 잃었던 것입니다. 공양이라는 말을 들으면 내 허기를 채우기 위해 누군가가 제공한 음식을 먹고 있으며, 내 생명을 잇기 위해 다른 생명이 내놓은 것을 잊지 말라고 깨우쳐 주는 것 같습니다.

밥을 받는 태도가 바뀌니 생활이 바뀝니다. 밥 한 공기에 김치 한 가지뿐이더라도 소중히 받게 됩니다. 그래서 과거를 돌아보면 미래가 바뀐다고 하는 모양입니다.

흙이 생명이다

　겨울의 길목으로 찾아오는 12월이다. 지구 온난화 영향인지 낮과 밤의 기온 차가 심하다보니 안개가 자주 낀다. 파란 하늘은 점심때가 거의 돼서야 나타난다. 지금 우리가 보고 있는 이 하늘은 예전의 맑고 높고 파랗던 그 하늘이 아니다. 개발과 편리, 빠르게 가야 하는 조급함과 더 많은 생산을 위해 자행되는 산업화, 도시화로 우리 주변의 산과 들은 심한 몸살을 앓고 누워있다. 환경은 날로 어렵고 점점 힘든 상황을 예고하고 있다. 중국에서 몰려오는 황사와 산성비로 인해 하늘에서 내리는 비조차 바로 맞을 상황이 아니다. 예전에 비를 맞으며 걷던 낭만을 잊은 지 오래다. 계절답지 않은 날씨도 결국 인간이 편리함만을 좇아 마구 쓰고 함부로 버렸기 때문이 아닐까.

　사람은 평생 흙에서 살다 흙으로 돌아간다. 그 때문에 돌아갈 고향 같은 흙에 대해 누구나 소중한 마음을 가져야 할 텐데 현실은 그렇지 못하다, 신발에 흙 묻힐 기회조차 없을 정도로 온통 아스팔트나 콘크리트 세상이다. 흙 한 줌 보인다 싶으면 어김없이 아스콘을 쏟아 부어 포장해버리고 만다. 흙이 숨을 쉴 여유를 주지 않는다. 시골로 들어가는 조그만 길에도 시멘트를 마구 쏟아 부어 흙을 만나기 힘들다. 고무신 신고 돌아다니며 냇가에서 물장구치고 진달래 개나리 어우러진 산골과 들판을 뛰어놀 만한 기회가 지금의 아이들에겐 거의 없다고 봐야 한다.

우리의 먹을거리는 흙 속에 살아 숨 쉬는 수많은 미생물과 작은 동물의 조화 속에서 생겨난다. 농부들은 그들의 도움을 받아 땅을 관리하는 관리자요 매개자다. 농부들이 없다면 사람들이 먹을 식량과 식품이 그저 땅속으로 들어갈 뿐이다. 흙을 지키고 흙 속에서 인간적인 삶을 추구하며 농촌을 지키는 일, 먹을거리를 지키는 일이 매우 소중한 일이고 시급한 일인데도 우리의 농촌은 텅 빈 곳이 되어가고 있다. 사람 몸에도 분명 나름의 기운이 흐르고 있다. 우리가 그 고마움을 잊고 사는 땅과 흙에도 나름의 기가 있음을 우리 선조들은 경험으로 알고 자연의 기가 모인 세상을 존중하며 살아왔다. 작은 흙의 목소리를 듣고, 자연의 기를 느끼며 살았기에 비록 물질적으로는 곤궁했는지 몰라도 우리 조상들의 정신문화는 고귀한 것들을 만들어 냈다.

　하지만 세월이 지나면서 우리 선조들이 고이 간직해 온 땅과 흙의 건강한 기운을 지금 우리는 받아들이지 못하고 있다. 손과 발가락에 흙 한 줌 묻히지 않기 위해 스스로 균형을 깨버린 생태계 속에서 안개처럼 떠돌며 살고 있는 것이다. 수많은 이민, 자살률, 이혼율 급등 같은 심각한 사회문제도 따지고 보면 쉽게 달구어지고 쉽게 식어버리는 아스팔트 같은 현대인의 마음에 원인이 있다. 곧 나타날 자연재해의 심각성도 다 흙을 소중히 여기지 않기 때문이다. 아무 대책 없이 먹고 사는 일에 바쁘다는 핑계로 선진 공업화의 이점을 말하면서 우리의 삶을 담는 가장 중요한 흙을 마구 짓밟고 있다. 땅에서 엎어지면 땅을 딛고 일어서야 하는데 발 디딜 땅조차 건강하지 않다면 어딜 의지하며 일어서야 할까.

　다시 처음으로 돌아가 물 맑고 공기 맑던 그 시절, 우리의 몸속에서 꿈틀대던 자연의 기운을 느낄 수 있도록 땅을 살려야 한다. 다시 흙의 건강한 냄새, 건강한 자연의 기를 우리의 온몸으로 느낄 수 있도록 흙을 살려야 한다. 그것이 바로 생명을 살리는 길이다. 우선 적게 먹고, 적게 쓰고, 적게 버리고 아주 필요한 만큼만 갖는 소박한 자기 노력이 먼저임을 깨달아야 한다. 쉽게 걷히지 않는 안개를 보고 있노라니 저 안개 너머 기상재해, 환경재해의 마군魔軍이 무섭게 우릴 노려보고 있는 것 같다.

때를 안다는 것

모든 것에는 때가 있다. 해가 뜰 때가 있고 질 때가 있다. 꽃이 필 때가 있고 질 때가 있으며, 뿌릴 때가 있고 거둘 때가 있다. 역사에서도 문명이 흥성할 때가 있고 쇠망할 때가 있다. 또 인간사에서 사업을 벌일 때가 있고 거둘 때가 있으며 나아갈 때와 물러날 때가 있다.

제갈공명이 적벽대전에서 성패를 가른 것도 동남풍이 불어오는 그 한때를 알았기 때문이다. 하다못해 밥도 먹을 때가 있고 약도 먹어야 할 때가 있다. 때가 아닐 때 먹으면 몸이 상하고 때를 놓치면 사후 약방문이 되고 만다. 자식에게 말 한마디를 해도 그렇다. '공부 열심히 하라'는 한마디 말을 해도 다 때가 있다. 시도 때도 없이 공부하라는 소리를 하면 잔소리밖에 안 된다. 그렇게 만사에는 때가 있다. 때가 이르지 않았는데 설치면 튀는 것밖에 안 되고, 때가 당도했는데 결행하지 못하면 영원한 패배자가 된다.

강태공은 10년 동안 때가 오기를 기다렸다. 자기 시절이 올 때까지는 태산처럼 움직이지 않았다. 도쿠가와는 승리의 순간을 목전에 두고서도 히데요시가 죽는 그날까지 결코 칼을 뽑지 않았다. 은인자중 자기의 시절을 기다렸고 그렇게 될 때를 기다렸다. 때를 알았기 때문에, 아직은 자기의 시절이 아닌 줄 알았기에 기다릴 수 있었다. 그래서 역사는 때를 낚아

채는 것이라고 말하기도 한다.

하지만 나폴레옹은 물러날 때를 놓치면서 돌이킬 수 없는 패배를 당한다. 승리감에 도취해서 모스코바까지 진격했지만, 그것이 사지死地로 빠져드는 길인 줄 몰랐다. 겨울이 오는 줄 몰랐고 철수를 결정했을 때 이미 때를 놓쳤다. 조선의 철인哲人 이퇴계 선생은 나아갈 때와 물러날 때가 정확했다는 점에서도 후세의 귀감이 된다.

그렇다면 때를 안다는 것이 무엇일까? 옛사람들은 천시天時라 하여 '때'의 중요성을 강조했고 천시라는 것을 신비화시키기도 했다. 역술이나 천문에 밝은 도인道人들이 아니고서는 천시를 알 수 없는 것처럼 말이다. 하지만 때라는 것, 천시라는 것 그렇게 신비화시킬 것은 아닌 것 같다.

때를 안다는 것은 언제 운수가 좋은가 나쁜가를 안다는 그런 이야기가 아니다. 지금 이 시각 이 자리에서 해야 할 일이 무언지를 안다는 것이다. 달리 말하면, 시간의 이치에 합당하게 자신을 가져가고 있다는 것이다. 내가 서 있는 자리, 나의 삶의 현장에서 있어야 할 정확한 모습으로 있는 것, 내가 어느 자리에 어떻게 있는가에 따라서 할 것을 정확하게 하고 있으면 때를 안다고 한다.

그러니까 때를 안다는 것, 운수에 자신을 맡기라는 자신의 욕심을 실현할 운수를 안다는 이야기가 아니다. 시도 때도 없이 무성하게 일어나는 욕심에 어느 때가 필요하겠는가. 그러니까 살아도 사는 뜻이 없고 그 뜻에 합당한 일, 할 일이 없는 사람에게는 때라는 개념이 성립하지 않는다.

할 일이 분명히 있고 해야 할 일을 순리적으로 하고 있을 때 비로소 때라는 개념이 성립한다.

'나는 어디에서 와서 어디로 가는가?' 이 또한 중요한 화두이지만 시간의 이치와 자신의 행위를 일치시켜 갈 수 있다면 결코 풀릴 수 없는 화두다. 시간의 이치와 자신을 일치시켜가고 있다는 것, 다른 이야기가 아니다. 소박하게 말하면 마음이 콩밭에 가 있지 않고, 잿밥에 눈이 어둡지 않고, 오로지 염불에 열중하고 있어야 한다.

흔히 '때를 기다린다'고 하는데 기다린다는 것, 막연히 허송세월 하면서 좋은 시절이 오기를 기다리는 것이 아니다. 그때를 준비하고 있는 것, 그것을 기다림이라고 그래서 역사는 준비하는 자의 몫이라고 한다. 준비라는 것도 그렇다. 언제 어느 때든 그 자리에 있어야 할 모습으로 그 자리를 정확하게 지키고 있는 것, 그 이상의 준비는 없다.

과유불급

얼마 전 추사 김정희와 관련한 책을 읽으며 알게 된 내용이다. 잘 알고 계시겠지만 추사 김정희가 쓴 현판은 여러 지역에 산재해 있다. 그 가운데 '유재留齋'라는 현판이 눈길을 끈다. 크기는 세로 32.7센티미터, 가로 103.4센티미터이고 일암관日巖館에 소장되어 있다. 유재는 김정희의 제자 남병길南秉吉의 호다.

유재는 추사가 세상을 뜨고 난 후 추사의 유고를 모아 '담연재시고覃覃齋詩藁'와 '완당척독阮堂尺牘'을 펴낸 인물로 오늘날까지 추사 작품을 세상에 전해지도록 한 학자이다. 훗날 이조참판까지 했다고 한다. 추사가 제주에서 유배생활을 할 때 어떤 연유로 그의 호인 유재를 현판으로 새기게 되었는지는 명확하게 알려진 것이 없어 아쉬움이 든다. 다만 추사의 제자였던 허소치許小癡의 책 '소치실록' 부기附記에 보면 '추사 김정희가 제주에 있을 때 현판으로 새겼는데 바다를 건너다 떨어뜨려 떠내려간 것을 일본에서 찾아온 것'이라는 기록이 남아 있다고 한다.

그 현판을 직접 눈으로 보지 못했지만 책에 실린 사진으로 보는 '유재' 현판은 예서로 쓴 '유재'라는 글자와 행서로 쓴 풀이가 강렬하면서도 자연스러운 조화를 이루어 깊은 맛을 느끼게 한다. 무엇보다도 몸과 마음을 깨끗하게 유지하는 삶의 자세로 '유재'의 의미를 풀어냈다. 즉, 챙기기보다 남기는 미덕을 강조한 해제가 돋보인다. 욕망과 물질에 마음이 어두워진 오늘을 살아가는 현대인에게 들려주는 의미가 크게 느껴진다. 유재 풀이 글은 이렇다.

> 유부진지교이환조화 留不盡之巧以還造化
> 기교를 다하지 않고 남겨 자연으로 돌아가게 하고
> 유부진지록이환조정 留不盡之祿以還朝廷
> 녹봉을 다하지 않고 남겨 조정으로 돌아가게 하고
> 유부진지재이환백성 留不盡之財以還百姓
> 재물을 다하지 않고 남겨 백성에게 돌아가게 하고
> 유부진지복이환자손 留不盡之福以還子孫
> 내 복을 다하지 않고 남겨 자손에게 돌아가게 한다

간결하면서도 큰 울림을 주는 글이다.

다하지 않는 여유, 그리고 다른 곳으로 돌아가게 하는 미덕에서 볼 때 우주가 주는 자연의 섭리가 아닐까 생각한다. 오직 인간만이 작은 욕심마저 다하고도 모자라 아우성이고, 넘쳐도 멈출 줄 모른 채 스스로 화를 자초하게 된다. 그런 세상에는 아량이나 도량도 없고 배려도 없다. 당연히 도덕과 신뢰도 없고 인간과 인간 사이에 믿음이 없어지며 사막처럼 황량해질 것이다. 나라를 이끌어야 할 고위공직자 인사청문회에 등장하는 고정 메뉴인 재산 증식에 대한 의혹이 제기되고, 기업가들은 편법으로 재산을 상속하기 위해 기상천외한 법적 포장술을 개발하기도 한다. 남기지 않고 알뜰하게 챙기려는 욕심, 누구와도 나누지 않으려는 욕심이 세상을 얼룩지게 하는 것 같다.

물질이나 욕심을 채우고 넘쳐야 직성이 풀리는 시대다. 2000여 년 전 노자『도덕경』12장에 나오는 '오색영인목맹 오음영인이롱 오미영인구상五色令人目盲 五音令人耳聾 五味令人口爽 다섯 가지 화려한 색을 추구할수록 인간의 눈은 멀게 되고, 섬세한 소리를 추구할수록 인간의 귀는 먹게 되고, 맛있는 음식을 추구할수록 인간의 입은 상하게 된다'라고 했다.

그뿐만 아니라『도덕경』53장에 보면 '조심제 전심무 창심허 복문채 대리검 염음식 재화유여 여위도과 비도야재朝甚除 田甚蕪 倉甚虛 服文綵 帶利劍 厭飲食 財貨有餘 是謂盜夸 非道也哉 궁궐은 화려하나 밭에는 잡초가 무성하여 곳간이 비었다. 그런데도 비단옷 두르고 날카로운 칼 차고 음식에 물릴 지경이 되어 재산은 쓰고도 남으니 이것이 도둑이 아니고 달리 무엇이랴 그것은 도가 아니다'라고 개탄했다.

남김으로써 두루두루 돌아가게 하는 것, 이것이 곧 자연과 인간의 흐름이 아닐까. 한꺼번에 챙기고 탕진하고 싶어하는 욕망, 넘쳐도 모자란다고 아우성치는 욕심들 때문에 많은 사람들이 고통에 시달린다. 과유불급過猶不及 지나친 것은 미치지 못한 것과 같다는 말을 마음에 되새기며 남기는 여유와 함께 나누는 미덕을 잃지 말아야겠다. 남은 낙엽을 떨구어 내고 추위에 맞서는 나무를 바라보며 영민한 지혜를 배워야겠다.

이별의 종착역

어느덧 손때 묻은 달력을 한 장 한 장 떼어내다 12월 달력 앞에서 아직 시간이 남아있겠지 생각하다 만나는 올해의 끝입니다. 단 1초도 남아 있지 않은 막힌 벽에 서 있습니다. 마지막 남은 달력 뒷장은 깎아지른 절벽 같습니다. 12월 31일이란 종착역이 마침내 다가옵니다. 13월이 있었으면 아니 12월 32일이 있었으면 하는 부질없는 생각을 해보기도 합니다. 한 해를 보내는 속도를 서서히 늦추어야 할 시간입니다. 긴 기적소리를 울리며 365칸마다 탄 손님들에게 종착역 안내방송을 해야 할 시간입니다.

다음과 같이 말입니다.

"이 열차, 이 열차는 잠시 후면 종착역에 도착하오니 잃어버린 물건은 없는지, 마음의 상처를 준 일은 없는지, 나에게 도움을 주신 분에게 소홀히 하지 않았는지 곰곰 다시 한 번 더 챙겨보시고 안전하고 편안히 돌아가시길..."

하지만 우리는 이미 알고 있습니다. 인생이란 결코 편안할 수 없는 여행이라는 것을 말입니다. 종착역에 내리면 새해라는 열차를 타고 즉시 떠나야 한다는 것을 말입니다. 올 한해 열차를 타고 오면서도 많은 인연을 만났을 것이고 사랑도 나누며 때로는 작별도 했을 것입니다.

우리는 해가 바뀔 때마다 숙명처럼 열차를 갈아타야 합니다. 갈아탈 때마다 짐이 가벼워져야 하는데 그렇지 못함은 왜일까요. 해마다 낡아져 가는 우리네 여행 가방은 점점 무거워져만 갑니다. 새해라는 열차로 갈아탈 때 지금보다 가벼워지기 위해 무거워진 여행 가방을 정리해야 할 시간입니다. 깃털처럼 가볍게 만들기 위해서이지요. 버리고 비우며 한해 보내시고 새해 맞으시기를 바랍니다.

저로서는 매월 편지를 쓰는 시간이 즐거웠습니다. 이른 아침마다 울음으로 시간을 알려주던 닭처럼 부지런하고 때로는 사람들에게 보시布施도 하면서 살지만, 종종 멈추어 서서 달려온 길을 되돌아보고 다시 울면 어떨지요.

새 달력을 바라보면서 나에게 주어진 365일을 소중하게 사용하겠다고 다짐합니다. 달력 속의 그 시간을 아껴야 할 까닭은 우리가 뜨겁게 사랑해야 하는 지상의 귀한 시간이기 때문입니다. 이 엄동설한에 떨고 있을 많은 분을 생각하면 가슴이 먹먹해집니다. 그분들에게 우리의 따뜻한 온기를 드릴 수 있도록 담요라도 모아서 보내드리고 싶습니다.

언젠가 지구별에도 봄은 우리 곁으로 찾아오겠지요.